LES CANETTES

De Jɪʀᴏᴍᴇ ROQUET (dit Tᴀᴍᴘɪᴀs).

LES CANETTES

DE

JIROME ROQUET (dit Tampias)

OUVRIÉ TAFFETAQUÉ

Pouême etique, chansons, pouèsies divèrses, pièces
de prose tramé de vèr et autres

PAR LOUIS-ÉTIENNE BLANC.

Ma muse m'amuse.

LYON

CHEZ MÉRA, LIBRAIRE

Rue Impériale, 15

1862

LES CANETTES

DE

JIROME ROQUET (dit Tampias)

OUVRIÉ TAFFETAQUIÉ

Pouème etique, chansons, pouèsies divèrses, pieces
de prose tramé de vèr et autres

PAR LOUIS-ETIENNE BLANC.

Ma muse m'amuse.

LYON

CHEZ MÉRA, LIBRAIRE

Rue Impériale, 15

1862

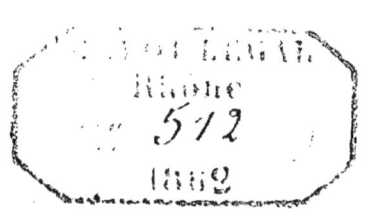

DÉDIÉ

AUX AMIS DE L'AUTEUR

Et. B.

Un de nos compatriotes a publié un guide fort intéressant intitulé :

LES BORDS DE LA SAÔNE
DE LYON A CHALONS.

L'auteur y signale, en sortant de Lyon, le village de Collonges gracieusement étendu au pied du Mont-Ceindre, sur la rive droite de la Saône, et il ajoute : « Là.... s'est retiré M. Blanc, vieux républicain, au- « teur de chansons comiques fort originales. »

M. Kauffmann écrivait ces lignes en 1851. Aujour-d'hui on peut lire, sur la pierre d'un modeste tombeau du cimetière de Collonges, que Louis-Etienne Blanc repose là depuis le 20 novembre 1854.

C'est de cet homme, dont la gaîté franche et la verve spirituelle ont fait, pendant trente ans, les dé-lices de la société lyonnaise, que nous avons re-

cueilli les œuvres. Plusieurs d'entre elles ont eu,
dans leur temps, une vogue vraiment populaire. Telles
sont entre autres *la Chaste Suzanne*, *Jérôme à Fanchon*, *la Jacquard*, etc., etc.

Restées, jusqu'à ce jour, complètement inédites, il
s'en est peu fallu qu'elles ne fussent perdues. L'auteur
n'avait rien écrit, lorsque, poursuivi en 1834 comme
complice des événements politiques, il fut obligé de
se cacher pendant quelques mois. Cédant alors à nos
vives instances, il utilisa ses loisirs forcés en dictant
ses œuvres les plus connues. C'est cette copie, com-
plétée par tout ce que nous avons pu recueillir dans
ses manuscrits, que nous publions aujourd'hui.

Divers motifs nous ont déterminé à entreprendre
cette publication. D'abord ces œuvres, confiées à la
mémoire de quelques amis, ont été déjà sensiblement
altérées. Ensuite, convaincu qu'elles finiraient bientôt
par disparaître, nous avons pensé qu'il ne serait pas
sans intérêt de sauver de l'oubli ce qui a été, sinon la
peinture, au moins le reflet d'une époque de notre

histoire lyonnaise. En effet, le *canu* s'en va ; déjà
ce bon vieux type est devenu fruste au frottement
de l'éducation populaire, et nous avons eu souci de
ce qui pouvait le conserver. Enfin ce recueil se jus-
tifierait suffisamment par le désir que nous ont si
souvent exprimé tous ceux qui ont aimé l'auteur,
c'est-à-dire tous ceux qui l'ont connu.

Les œuvres que nous publions ne sont pas seulement lyonnaises par les personnages mis en scène
et par le patois, elles le sont encore par l'auteur dont
nous voulons dire quelques mots.

Louis - Etienne Blanc naquit, à Lyon, le 27
mars 1777. Son père, ouvrier passementier, ne put
procurer à ses enfants le bienfait de l'instruction
même la plus élémentaire ; Louis-Étienne, le second
de trois fils, et par ce motif surnommé *cadet*, fut,
comme les deux autres, envoyé à l'école des frères
de la Doctrine chrétienne, qu'à Lyon on appelait alors,
un peu crûment, *l'école de l'aumône*. Il nous a souvent dit, en riant, qu'il avait appris l'orthographe sur

les enseignes et sur les cornets de tabac de sa grand'mère. Aussi savait-il à peine lire lorsqu'il fut mis en apprentissage chez un ouvrier en soie.

Son esprit moqueur et son étourderie l'avaient fait renvoyer de tous les ateliers où il'avait été placé, lorsque, effrayé par la sévérité excessive de son père qui avait à lui reprocher nous ne savons plus quelle espiéglerie, il prit la fuite et se laissa raccoler par une troupe de marchands d'orviétan qui le conduisirent à St-Étienne. Rebuté bientôt par les misères et les fatigues de cette vie de bohême, il rentra au logis paternel qu'il ne tarda pas à quitter de nouveau pour s'enrôler dans la légion dite des *Allobroges*, le 26 germinal an Ier de la république (1792). Il avait alors 15 ans à peine.

On le trouve, peu après, mousse sur un des navires en rade à Toulon, au moment du siége de cette ville par les Anglais. C'est là qu'il vit, pour la première fois, le jeune lieutenant d'artillerie *Buonaparte*, sous les ordres de qui il fit bientôt, étant rentré dans les rangs de l'armée de terre, les campagnes d'Italie, d'Allemagne, etc., etc., etc. Il nous a souvent raconté que, depuis son entrée au service, il n'avait pas revu ses deux frères, engagés comme lui dans les armées de la république, lorsque le matin de la fameuse bataille de Lodi, et un peu avant l'engagement, ils se rencontrèrent tous les trois. Le hasard avait réuni leurs régiments et le bonheur voulut que, le soir de cette journée si meurtrière, ils se retrouvassent sains et saufs. Ils se séparèrent de nouveau pour ne se revoir qu'à leur rentrée dans leurs foyers. Louis-Étienne quitta le service le 15 prairial an VI (1798). Il était alors tambour de la 1re compagnie du 1er bataillon de la 27e 1/2 brigade d'infanterie légère, qui faisait partie de la division de Mantoue. Il disait souvent, avec une fierté comique, qu'après six ans de services et de nombreuses campagnes, il était revenu avec le grade de tambour. C'était trop de modestie, car, de ses nombreuses pérégrinations militaires, il avait rapporté la connaissance de la langue espagnole, de l'italien qu'il parlait avec une rare pureté d'accent, et même de l'allemand, sans compter les patois marseillais et languedocien dans lesquels il excellait.

Il entra alors chez un huissier de Lyon, son oncle par alliance. Tous les moments dérobés au travail étaient par lui consacrés aux exercices dramatiques pour lesquels il avait un goût très-prononcé, qu'avait sans doute fait naître et qu'entretenait un remarquable talent d'imitation, non moins qu'une mémoire vraiment phénoménale. Il fit alors partie d'une société d'amateurs qui donnaient de fréquentes représentations dans l'ancien couvent des *Bleus-Célestes*, à la côte des Carmélites, local occupé aujourd'hui par la communauté des sœurs Saint-Charles. On appelait cette salle, le *Théâtre des Bleus*. Ce fut là qu'il eut pour camarades Weiss, qui joua pendant longtemps les traîtres de mélodrame au théâtre des Célestins de Lyon, et Félix Belu, qui tint, plus longtemps encore au même théâtre, l'emploi dit des utilités.

Après avoir succédé à son oncle dans l'office d'huissier, il se maria le 11 février 1804, et, dès ce jour, il sut résoudre le problème si difficile de mener de front les plaisirs et le travail. Plus tard, la politique la plus active vint prendre une large part de son temps. Nous n'ajouterons pas qu'elle prit aussi une très-large part de sa fortune ; on pourrait croire que nous lui reprochons les sacrifices qu'il fit pour le triomphe de ses principes. C'est là, au contraire, ce qui honore le plus sa mémoire à nos yeux. On peut, d'ailleurs, prendre ses aises pour vanter la fidélité, la libéralité et l'abnégation en politique : l'exemple n'est pas contagieux.

Vieux soldat de la république, il supporta difficilement les revers de nos armées. Nous l'avons vu pleurer lorsque les troupes étrangères, qu'on appelait alors *nos alliés*, défilaient, en 1814, sur les quais de Lyon. Aussi, quoique père alors de cinq enfants, et n'ayant d'autre ressource que son travail pour soutenir sa famille, se fit-il inscrire des premiers, nous en avons gardé le souvenir, quand on essaya de mobiliser une partie de la garde nationale.

Il exerça, pendant plus de trente ans, les fonctions d'huissier. Chargé d'exécuter les ordres de la justice, c'est dans l'accomplissement de ce ministère difficile qu'il sut se faire estimer de ceux-là même contre qui il était obligé d'agir. Personne ne sut mieux que lui concilier les égards dus au malheur avec les devoirs rigoureux de sa profession.

Epicurien avec délices, on peut dire de lui qu'il fut un des plus joyeux convives du banquet de la vie. Il aurait pu prendre pour devise, *rire et toujours rire*, car il eut, et il conserva, jusqu'à ses derniers jours, l'heureux privilége de voir toutes choses du côté plaisant. Il semblait se dire, comme Figaro, *je me hâte de rire de tout, de peur d'être obligé d'en pleurer.*

Malgré la situation modeste où le sort l'avait placé, plus d'une ambition lui eût été permise et eût été complètement justifiée par son aptitude ; il n'en eut même pas la velléité. Il avait compris, ce rieur émérite, que dans la comédie humaine, bien qu'elle ne soit pas toujours belle à voir, le meilleur est encore de rester spectateur. Parfois, nous en convenons, on y paye sa place un peu cher, même dans le coin le plus obscur du parterre; mais il faut bien compter pour quelque chose, et nous comptons, nous, pour beaucoup le plaisir de siffler ou d'applaudir quand les marionnettes du monde ont bien ou mal joué leur rôle. C'est ce plaisir qu'il s'est largement donné, ainsi que l'attestent la plupart de ses chansons. Nous avons dit qu'il n'eut aucune ambition, et nous ajoutons, pour compléter son portrait, qu'il n'eut pas même celle qui fait rechercher les moyens d'arriver à une honnête aisance. Si, malgré les charges d'une très-nombreuse famille (nous ne disons pas les *soucis*, car il n'en connut jamais), il put jouir de l'*aurea mediocritas*, tant vantée par le poète, c'est qu'elle lui arriva à son insu; elle dut forcer les portes du logis.

En 1848, on eut recours à son patriotisme sin-

cère et dévoué ; il fut proclamé maire de sa com-
mune et prouva bientôt qu'il était digne de tenir,
dans ces moments difficiles, les rênes de l'adminis-
tration municipale. En effet, celui qui avait toujours
porté haut son drapeau politique, sut aussi faire respecter la liberté de chacun. On n'a pas encore oublié
avec quelle énergie et quelle autorité de parole il em-
pêcha des représailles justes, peut-être, mais toujours indignes du parti vainqueur.

Voilà l'homme.

Quant à ses œuvres, nous n'avons rien à en dire,
si ce n'est que, pour la plupart, elles sont restées
dans la mémoire de ceux qui les ont entendu débiter.
Que de fois nous avons vu l'auteur, durant des soi-
rées entières, exciter un fou rire par le comique de
ses récits et par la vérité de cet accent canu, que
plusieurs ont imité depuis, mais que nul n'a mieux
saisi et plus fidèlement rendu. Son succès était tel
que rarement on se séparait de lui sans avoir cher-
ché à épuiser son répertoire vraiment inépuisable.

Aussi, lui exprimait-on, souvent jusqu'à l'obsession, le désir qu'il publiât ou qu'il dictât ce qu'on venait d'entendre avec tant de plaisir. Il promettait toujours et n'a jamais tenu parole. Ce ne fut pas indifférence, car il était heureux de ses succès ; mais, avec une activité d'esprit incroyable, il avait une paresse de plume que rien n'égalait. Il eut certainement préféré, de beaucoup, composer de nouvelles charges que d'en copier ou dicter une seule.

Comme tous les esprits enclins au comique, l'auteur a quelque peu payé sa dette au genre.... risqué ; telles sont, par exemple, les œuvres intitulées, le *Battant d'amour*, les *Aventures de Marc Cassin*, etc., et d'autres non moins connues. Mais, malgré toute la verve et la finesse d'observation qu'on y trouve dépensées à pleines mains, elles n'ont pu trouver place dans ce recueil ; c'est que nous n'avions pas, comme les administrateurs du Musée archéologique de Naples, la ressource de les mettre à part, en inscrivant sur la porte ces mots : *gli obcœni*, avertissement adressé à la pudeur et dont, bien entendu, la curiosité seule fait son profit.

Comme chacun sait que l'affection a ses joies et ses petites illusions, on nous pardonnera aisément tout le plaisir que nous avons à élever ce monument modeste à la mémoire d'un homme d'esprit, d'un père bien-aimé qui a laissé le rare exemple d'une vie aussi honorablement que joyeusement remplie.

Quel que puisse être le sort réservé à notre publication, elle aura toujours atteint le but que nous nous sommes proposé, et nous ne regretterons pas les soins que nous avons pris pour la rendre digne de l'auteur et digne aussi de ses amis à qui nous l'avons dédiée.

ETIENNE BLANC.

Paris, 4 octobre 1861.

LA CHASTE SUZANNE.

LA CHASTE SUZANNE

Pouême étique en quatre longueurs.

———

INTREDUITION

ou

TIRELLE DE LA PIÈCE.

—

Comment faire, à present, pour contenté le monde ?
Si querqu'un y russit que le cou me deponde !
Un merchand veut de fort, l'autre veut de legé ;
L'un vous peye en enquié, l'autre veut pertagé.
I me souvient que quand j'etais à mes cerises

Mon père disait bien que c'était de bêtises

De compté, comme ça, su ces juis de merchands

Que sont, en bonne part, sans piquié et mechants.

Quand le bon temps reluit comme i fesont les bouâmes

Et venont vous prié, avè de mines couâmes,

De travaillé pour eux à tire l'arigot

Et le jour et la nuit comme un vrai galiot.

L'ergent ne coute rien dans ces momens de presse ;

Pour avoir de z'ouvriés chèque merchand s'empresse.

Mais si la meurte vient, i vous mettont z'a bas

En vous z'honissant tous de l'en n'haut jusqu'en bas.

Notre ressource, aleurs, est d'allé z'à Perrache,

D'élargi les Étroits à la pioche et à l'hache ;

De dire à nos moitiés : Prenez la bâle. — Oh bon !

Qu'elles nous repondiont, c'est-i pour tout de bon ?

Si vous vous etiez fait bien payé votre ouvrage

Dans le bon temps, i vous resterait en pertage

Querque chose devant vous que vous n'avé pas ;

Ah ! ben certainement nous l'empognerons pas.

Nous aimons mieux mangé nos peignes de tirelle.

Et, par après, chanté la recorte nouvelle.

Comme çà, mai que vous nous gagnerons d'ergent

En nous donnant, per fois, un peu de remument.

Mais tranquillisons-nous, tous autant que nous sommes,

Nous voyons à Lyon de venereux prud'hommes,

Faire de zéstatuts, de reglements nouveaux

Que seront reverés mai de cent carnavaux.

Je parle pas pour moi que quitte mà banquette

Avec ses orillons pour me faire pouète.

Margré la moquerie et la cretication

J'en va faire aujord'hui ma seule vacation.

PREMIÈRE LONGUEUR.

Je commence en ce jour que ma varge pouètique

Se gonfle au souveni d'un vieux sujet z'antique,

Pour vous chanté z'ici une rare vartu

A quoi l'on ne pourrait reproché un fétu,

Sans manqué z'à l'honneur par un endroit sensible

Et craindre le courroux de ces gens de la bible
Reputés, parmi nous, pour n'être pas tant bons,
Que croirions se dânner si mangiont de jambons ;
Qu'avant de recevoir d'ergent un jour de fête
Prefereriont bien mieux qu'on leur coupît la tête,
Et qu'achetions, portant, des ouvriés fabriquants
Presqu'à deux yards le pot la soie de nos merchands.
Léssons, un petit peu, ces uzeriers infâmes
Dânné à cheque instant et leurs corps et leurs âmes
Pour ne nous occupé que de notre sujet
Et je vas vous nommé celle qu'en est l'objet :
C'est la châste Suzanne, habile compagnonne
Du bel airt de la soie, qu'habitait Babylone ;
A qui le roi Cyru fesit faire un n'harnais
Comme on n'en voira guere aux ouvriés lyonnais.
Le prophête Dagniel, que fesait ses cannettes,
Sut pour elle eventé le battant à clinquettes,
Le tâque, le tempias que d'abord la piqua,
Les forces, le questin et enfin l'accoca.
Ce l'ouvrière était le plus beau z'assemblage

De grâce et de douceur qu'on ait vu à se n'age.
Une bouche et de z'yeux que sonnions le tocsin
Aux cœurs inenculés de l'amoureux vaccin ;
Un mainquien doucereux, une taille mignonne,
De z'appas à tenté une âme moribonne !
Aussi un officié, en voyant sa beauté,
Tout d'un coup par l'amour se sentit chapoté.
C'était dom Joachim, l'un des grands capitaines,
L'effroi des mécriants, grand coupeur de bedaines,
Qu'en avait si vaincu sous Nabuchonôscur,
Et cheux le roi Cyru était en grand faveur.

A l'âge que l'amour est dans toute sa feurce
Ce t'héros n'avait pas encor brulé d'ameurce
Pour tiré z'à la cible de ce Dieu fripon
Que morfose en n'hardi le plus cheti capon.
Mais dé zyeux de Suzanne une belu l'enflâme
Et vous li fait senti le vide de se n'âme.
De s'attaché z'à elle i feurme le dessein,

Vite i veut la revoir, la sarré su son sein.
Mais, se reflectionnant, prend le perti plus sage
De la faire avarti par un joli message
Que va li peinturé toute sa passion.
Chergeant z'un page adroit de la commission
I l'i dit : « Me n'ami, va-t'en dire à Suzanne
« Que le jour et la nuit l'amour me detrancanne ;
« Que ses yeux on battu le briquet dans mon cœur
« Et que je me croirais au comble du bonheur
« Si elle prenait part à la vive tendresse
« Qu'a t'enfanté dans moi sa mine enchanteresse.
« Dis bien que je li veux perlé pour le bon bout
« Et devant six soleils deveni se n'époux, »
Le page court comme si le diable l'empeurte,
Cheux Suzanne il arrive et cognant à la peurte,
Il attend un moment, on ne li repond pas ;
Cependant il entend marché z'à petits pas.
Aleurs l'idé li vient de viré la catole ;
I rechapote encôr, la peurte brandigolle !
« Qu'est-là, dit-on ? — C'est moi, page de Joachim. »

A ce nom reveré Suzanne ouvre soudain ;

Mon page vous li fait une humble reverence

Et li dit : « Sarviteur, fontaine de Jouvence

« Que rajeunit les vieux les plus requinquinés,

« Quoique vous n'êtes pas un taba pour leur néz.

« Je vous insinuerai ce l'ardeur qu'ont fait naître

« Vos délicieux appas dans le cœur de mon maître.

« I n'en peut plus deurmi ni le jour ni la nuit,

« Sa corgnole n'en sèche et le fège li cuit ;

« Car vos clinquets dans lui font naître un écendie

« Que n'éteindrait pas rien la pumpe de la vie,

« Si vous ne vous z'hâtié de li peurté secours

« En déclarant que vous agreyez ses amours.

« Ce guarrier valereux vous adôre, madame,

« Et soite vifement de vous avoir pour femme.

« Allons, sans câtoler, répondez voui z'ou non,

« Ça vous plairait i bien de pertagé son nom ? »

La Suzanne, appuyé su son rouet à cannettes,

Tetait à plein gobeau ces gentilles sornettes.

Elle li répondit : « Dite à votre borgeois

« Qu'aleurs que je l'ai vu pour la première fois,

« J'ai sentu dedans moi une airdeure si feurte

« Que je n'en etais plus ni envie ni meurte ;

« Ça n'est pas d'amiquié, non, c'est z'un peu plus doux,

« Et ma tête vire comme un escaladoux.

« Oui, j'aime Joachim, mais i faut que mon père

« Pour le consentement s'abouche avé ma mère.

« Vous comprenez bien que je n'aurais pas bon air

« D'allé, sans leur aveu, fesant un pas de clerc,

« De l'amour commencé la première fassure ;

« Ça serait à l'honneur me faire une escorchure

« Qu'un premié compagnon ne rabillerait pas.

« J'aimerais mieux també de ma sorpente en bas

« Que de faire ce pied-failli dans la sagesse,

« Et de mes parents emboconné la vieillesse. »

La peurte s'ouvre : c'est le papa, la mama

Qu'entront en reniflant leur prise de taba.
Tous deux estupéfaits, à la vu de ce page,
S'en alliont gongonné et faire grand tapage,
Si l'autre ne leur eut raconté tout d'un mot
Pour Suzanne ça que barbottait dans le pot.
Appondant ses idées tout d'un coup dans sa tête,
Leur trâme un compliment que n'était pas tant bête,
Leur fait querques saluts, puis prend un doux sirieux
S'approche et leur esclame avec un ton gracieux :

« O fortuné papa de la belle Suzanne,
« Et vous mère à qui elle ebarchit la bazanne,
« Combien vous devé être et fiers et glorieux
« D'avoir pu consarvé ce trezeur precieux,
« Cette rare beauté dont la châsteté pure
« Peut sarvi de miroi z'à toute la nature.
« Mon maître Joachim epris de ses appas
« M'envoye près de vous faire le promié pas
« Pour vous seulicité d'entré dans la famille

« Par le chermant canal de votre aimable fille.

« De joie le combleré par un consentement

« Que je viens vous pi ié de donné vifement. »

Les vieux s'arregardiont en gardant le silence

Et puis, ouvrant la bouche, avec une voix rance

I dise à l'envoyé : « Pas plus tard que demain

« Suzanne à Joachim pourra donné la main.

« A ce t'union là nous n'osions pas pretendre

« Et avé grand plaisi nous l'acceltons pour gendre. »

Le messager s'envole, ainsi qu'un parpillon,

Auprès de son borgeois qu'était dans l'afflition,

Les yeux éteints, jaunes comme une pastonnade.

Mais bientôt le récit de l'heureuse ambassade

Fit escanné la peine et la noire langueur

Qu'une minute avant delavoriont son cœur.

I s'en va se couché rempli d'idé hureuses

Que l'i firont avoir de visions amoureuses,

Se croyant à la noce avé l'objet chermant

Qu'avait su faire naître et cessé son torment.

DEUXIÈME LONGUEUR.

Le lendemain matin, finissant un beau rêve,
Plein de joyeuseté notre z'héros se lève ;
Il appelle ses gens que viennent vifement
Appeurté ses habits dans se n'appartement,
N'en prend un de velou couleur de regalisse,
Un gilet de tissu doré comme un calice,
De souliers à floquets et puis à son coté
Le sabre framboyant qu'avait dechicoté
D'une façon tarrible et même épouvantable
Tant de ces ennemis de la foi veritable.
Dans ce beau z'équipage et chargé de présents,
I va de son objet visité les parents,
Vous leur fait de jolis complimens à l'usage
D'un futur époux à la veille du mariage.
Après avoir montré sa trâme à découvert
Et avoir au papa parlé z'à cœur ouvert,
Tirant à part Suzanne au coin de la boutique,

Vous li fait, en cachette, un cadeau manifique,
Et, comme un tourtereau, debobine l'amour
En paroles satin tout bordé de velour.

Au bout de querques jours velà le mariage
Qu'on fit dans l'esplendeur et en gran etalage
Suivant le rang et la richesse des epoux.
Suzanne reparé de superbes bijoux
Qu'en les arregardant donniont la catarate,
Et puis vêtu en soie d'un rouge d'escarlatte
Qu'amincissait sa taille et, rhaussant ses attraits,
N'en faisait un vrai moule à fondre de potraits.
La fête qu'on li fit avait une tornure !
Fallait voir ces jeux d'eau et ces prés de vardure
Où on avait flanqué de musiciens fameux
Trois fois mai savants que la bande de Bourgneux,
Accompagnant de leurs fiagolets et musettes
De jeunes filles que chantiont de z'enriettes ;
De z'abres de cocagne où de bergers grimpiont

Et de jeune bargere, en bas, n'en repariont
Dans leurs devants tous les gigots, boudins, saucisses
Des bargers, depondus pendant ces ezercisses.
Les vieilles et les vieux s'arrangiont à l'escart
Et, tout calinnement, n'en tiriont bien leur part.

Enfin, grands et petits prenions de jouissance ;
Tout un checun etait dans la devertissance ;
De z'uns fesiont la varse et d'autres se branliont,
Pendant que dans les coins de z'autres fifriont !
De la cour de Cyru la brillante jeunesse
Esecuta une fete chevaleresse,
Et ce bon roi, voulant lui-même en être aussi,
Fut le premier qu'avé la Suzanne dansit.
Tous les amusemens et les jeux agriables
Esistiont en ce jour ; et puis de grandes tables
Pleines de matefins, de roi-bois, de grobons,
De bugnes, de gratons, de poulets, de jambons.
Tout le monde bouffait d'une belle manière ;

Les avanglés dabord n'en portiont la bâgnière.
Ça durait comme ça du matin jusqu'au soir
Quan on fit evité un checun à s'asseoir
Pour admiré z'un feu d'artifice suparbe
En l'honneur de l'Epouse, qu'on tirait su l'harbe.
On y voyait sa chiffre et celle de l'epoux
Enliassés tous les deux en paquet de civoux.

Le feu de joie eteint et la danse finie
L'epoux, secretement, lâche la compagnie ;
Voyant que se n'eguille etait sur la minuit,
Embandant se n'epouse i s'escanne sans bruit.
Le lendemain au jour vinrent de z'embassades ;
On leur donna z'aussi de belles serinades.
Ça dura querques jours ; puis, tranquilles cheux eux,
Nos deux tendres epoux vecuront bien hureux.
Suzanne visitait les prés, les bois, les plaines,
Les montagnes, vallons, les jardins et fontaines
Qu'en mains propres déjà se n'epoux possédait.

Le plaisi au plaisi cheque jour sussedait ;
Les mois ne leur duriont pas mai de demi-heure.
Suzanne en percourant sa chermante demeure
Se croyait peurté z'au paradis qu'ont pardu
Nos premiés pères-grands pour le fruit defendu
Qui z'ont voulu gouté quand même à leur nessence
Le père Rabat-joie leur en fit la defense.
Joachim que, sur tout, desirait préveni
De sa chère moitié jusqu'au moindre desi,
Fit munté dans sa chambre un mequié de fleurence
Avé tous les z'harnais don i fit la depense.
Suzanne y travaillait pour ses menus plaisis,
Ça servait de bouchon au creux de ses loisis.

Mais de vomissements qu'alliont à toute erreinte
Annoncerent bientôt qu'elle en etait enceinte.
Au bout de querques mois elle fit un garçon
Qu'etait conditionné de la bonne façon.
De papa Joachim il avait la figure

Et c'était trait pour trait son potrait en peinture.
On peut bien pensé comme on le fit enlevé
Et qué soins on prenit pour se le consarvé !
Il etait destiné à être de sa mère
Le second cannetier, et dans l'airt de la guerre
Devait sucédé z'à son père, ce sordat
Qu'était si valeureux et tarrible au combat.

Après six ans six mois d'une si douce vie,
Fallut que Joachim quitta sa tendre amie,
Par rapport que la guerre en réclamait son bras
Pour secouri un roi qu'était dans l'embarras.
C'était un roi voisin avé qui, de collagne,
Le roi Cyru mettait une armée en campagne,
Pour gandayé çartains ennemis de la foi
Qui du Guieu de Moïse en rechagniont la loi,
Et qui contrefesiont nos melieurs mecaniques
De Jacquart, de Ponson, de toutes nos fabriques ;
Et puis i piquions l'once et la flotte et le nœud

Qui vendiont à de Juis, comme ceux de Bourgneux.
C'etait bien manque d'aime et pour ce te grand faute
I meritiont bien de recevoir leur calôte.

Comment vous peindrai-ju les penibles aguieux
Que ces epoux se fire avé la larme aux yeux ?
Ce te separation si tarrible et cruelle !
Velà comme disait ce te femme fidèle :
« Te t'envas, cher epoux, je va chômé de toi.
« Te me retreuveras sans tache sous ce toit
« Où l'amour nous lia d'une douce tirelle,
« L'amour qu'à ton retour viendra à tire d'aile
« Me rappeurté z'encor la biché d'amiquié
« Dont, sans faire de part, nous ferons de moiquié :
« Si, à te n'arrivé, ma gonfle matricale
« Peurte encore un levain de fumelle ou de mâle,
« Ou que, par un hazard que ne peu etonner,
« De deux sesque à la fois je vienne à bessonner,
« Mes vœux seriont comblés, et me n'âme ravie

« N'aurait plus, pour aleurs, que cette seule envie

« Que serait de filé z'avé toi, cheque jour,

« Une vie tramé du plus perfait amour,

« Et dont la chaine, enfin, aurait pour ses tordeuses

« Constance et union, devises si hureuses,

« Enviés d'un volage et même d'un jaloux

« Et que font le bonheur de deux tendres epoux. »

Mon Joachim bavait, en endossant ses armes !

De ses yeux n'en giclait une Sône de larmes.

I coque se n'enfant qu'est encor dans ses draps,

Puis, prenant se n'epouse entre-mis ses deux bras,

Li tenit affiché la miaille su la gôgne

Et long-temps la coquit, la baisit comme un côgne.

Mais i se desaràpe et grimpe promptement

Su son chevau bayard que va comme le vent.

Suzanne reste là tout comme une estatue,

Le cœur caffi d'ennuis, immobile, abattue,

Les bras allongés vars se n'epoux fuyatif,

Et suivant son galop d'un regard attentif.
Elle veut l'appelé, mais effort enutile !
Le cavayé, déjà, est bien loin de la ville,
Et plus ne peut z'ouïr ses accens de regret
Qu'etouffe en galopant son corsier vigoret.

TROISIÈME LONGUEUR.

Du grand chelu du jour la brillante lumiere
Avait déjà forni trois quarts de sa carriere
Que ce t'epouse encor etait dans l'estupeur
Assise su z'un ban aü bout du colideur,
Là juste où se n'epoux, prenant se n'escanade,
Li avait appliqué la darniere baisade.
Elle y resta quasi tout le jour sans bougé ;
Sarvantes ni voisins n'osiont la dérangé.

Mais l'aube de la nuit, de sa tereze noire,
Interpretant la vue de la pauvre bardoire,
L'oblige de rentré dans sa chambre, à regret,
Appelant à grands cris son cher Roi-peteret.
Son petit, badinant, vient dessipé ses peines.
« Voui, c'est le même sang que rigole en ses veines,
Dit-elle, en le fesant sauté su ses genoux.
« Oh ! perlante effugi de mon fidèle epoux,
« T'esses seul à present pour consolé ta mère.
« Et l'aidé z'à souffri de sa douleur amère. »
Mais peu z'à peu elle reprit tranquillement
Son travail ordinaire ainsi qu'auparavant.

Quoiqu'on ne connût pas pour aleurs les carêmes
Que font voir aujord'hui tant de bigotes blêmes,
Noire veuve jeunait querque fut la saison,
Et, les trois quarts du jour, etait dans l'oraison,
Pour que, de son mari, les armes beliqueuses
Soyont dans les combats toujours vittorieuses.

Par un courrié bientôt elle, reçut l'avis
Qu'il avait déjà bien poqué les ennemis
Et en avait chaplé mai de deux cents portées
Dont les riche dépouille alliont être apportées ;
Mais qu'avé se n'armée i resterait au camp
Jusqu'à ce que les autre auriont fiché le camp.
Et, comme il en avait déjà fait un saccage,
Elle pensait bientôt voir fini son veuvage.
Ce t'idé doucereuse et ce t'espoir flatteur
Dans se n'âme varsiont l'unguent consolateur.
Le jardin etait sa promenade cherie ;
Toujours on l'y voyait, oyant pour companie
Son char fi Josué, dont les embrassements
Li fesions passé de z'agriables moments.
Elle li apprenait à chanté de cantique
Et à connoitre tous les utils de fabrique.
Suzanne, qu'admiriont les grands et les petits,
Etait, manquablement, la parle du pays.

Mais le demon jaloux de sa vartu ostaire
Sortant de son cavon, tout caffi de colère,
Se dit : Comment ! moi qu'ai peurté le desarrois
Et cheuz les ouvriers et cheuz les plus grands rois,
Je souffrirais qu'une beauté si rudanicre
Secouit mon pouvoir comme une bardannicre !
Non, Satan me n'ami, i ne sera pas dit
Que te l'auras laissé tranquille dans son lit.
Je vous la prends d'abord des pieds jusqu'à la tête
Et, dans peu, li ferai faire un saut de palete.
Arrivé devant moi, diablotins, gringalets ;
Amené avé vous tous mes esprits follets,
Pour venir assiegé ce te fiere Suzanne
Jusqu'à que se n'honneur soit devenu bancanne.
Tenons conseil secret ; choisissons, maintenant,
Pour la depontellé querqu'un d'entreprenant.

En ce temps on avait elu dans Babylone,
Pour plaire à ce public que toujours i gongonne,

Deux prudhommes nommés Caron et Barzabà,
Que ne saviont ni Croix de Guicu ni Bé à Ba.
C'était leur tour, comme doyens de la vieillesse,
D'occupé, ce te fois, le cablot de sagesse.
La sagesse ! ah ben voui, i la connaissiont pas ;
De la ville i z'étiont les plus grands scelerats.
Velà les compagnons en qui Satan prepare
La pièce qu'il ordit dans sa fureur berbare.
I leur câle un couvet plein de feu dans le cœur,
Et y fait destilé la parfide liqueur
Que vous les empaillarde et vous les peurte à faire
Auprès de la Suzanne un pas si téméraire.

Comme i z'alliont souvent cheux messieu Joachin,
Avant son depart, i voulure z'un matin
S'y faufilé, pensant qu'un grave menistere
Et leur âge avancé couvririont d'un panaire
Leur infàme dessein. I partent vifement
Checun de son côté et au même moment

2

Arrivent pour tiré le cordon de la cloche.

« Colegue , i ne faut point z'ici de chat en poche,

Dit le rusé Caron à Barzabâ surpris,

« Pour Suzanne te viens ; dis-moi, t'en esse epris.

« Et moi z'aussi, mon vieux ; allons, pas de defaite,

« Entendons-nous tous deux. — C'est z'une affaire faite,

« Repond Barzabâ. Voui, j'epreuve dans mon cœur

« Pour dame Joachim une coupable airdeur.

« Mais puisque nous sont deux, tâchons de faire ensemble.

« — Fi donc ! le seul moyen de russi, ça me semble,

« Serait d'allé l'un après l'autre, car je crois

« Qu'on n'y peut pas allé z'a cha-deux à la fois.

« Cache toi, Barzabâ, je tire la sonnette. »

La fenetre s'ouvrit, la sarvante Josette

Leur dit : « Madame deurt, mais ne revenez pas,

« Car depuis querque temps le mâle n'entre pas

« Dedans ce te méson, et n'y entrera guere

« Qu'aleurs que Joachim reviendra de la guerre ! »

Et pan, elle referme. Alors nos deux bibons

Se retiront, la queue entremi les jambons.

I marchon querque temps sans s'ouvrire la bouche ;
Mais i se ravisont. — Caron, d'un air farouche,
Emmene Barzabâ z'à l'entré du jardin,
En li disant : « Ami, elle va prendre un bain ;
« Là, des œils indiscrets nous serons à la soute
« Et, sans crainte, pourrons y commencé la joute. »
A l'aide d'une cchelle i passent su le mur
Et vont se capié dans un recoin oscur.

De Suzanne bientôt i z'entendent la viole ;
Leurs cœurs gassent de joie et font la cabriole.
Josette et Noemi apeurtent les odeurs,
Les huiles, les parfums et ramassent de fleurs
Pour garni le bain de leur maîtresse chérie
Qu'arrive en ce moment et que se deshabie.
Elle leur dit : « Allé vous-en var mon mami
Que j'ai léssé z'au lit à moiquié z'endeurmi.

Enfin la vela scule au bord du bain assise
Couverte seulement d'un châle et sa chemise.
Elle allait tout quitté, mais les vieux trop pressés
Sortirent de leur coin : y en eyut assez
Pour li faire aussitôt naître de marfiance,
Leur abord li causa une petrufiance !
Ces deux vieux cocodri y sauterent dessus.
Elle voulut crié , mais efforts suparflus !
Sa langue ne pouvait plus branlé dans sa bouche ;
Ses bras n'avient pas mai de feurce qu'une mouche.
Deux minutes plus tard, hélas ! c'etait fini
Et de ce te vartu i pochiont le chassi.

Mais, par un coup du ciel, elle reprend ses forces ;
S'armant au même instant d'une paire de forces
Et se debobinant de ces vieux loups garoux :
« Scélerats, leur dit-elle ! Eh ben ! que voulé-vous ?
« Ebarché me n'honneur ? en serié-vous capables
« Quand bien je cederais à vos desseins coupables ?

« Je vous croyais, portant, amis de me n'epoux.

« Il avait confiance entièrement dans vous.

« Quoi ! vous aurié le front, dans sa propre demeure,

« De li veni liché sa rotie de beurre ?

« Allé, retiré-vous : dans vous-même rentré.

« Croyé que votre ardeur et vos desirs outrés

« Viendront se cabossé et tumbé z'en misère

« Contre le boutaroux de ma pudeur sevère. »

Caron, prenant alors la parole pour deux,

Li dit avec un air de la boire des yeux :

« De ce divin plaisi que votre mari goute,

« Laissé-nous en tcté à checun une goutte,

« Pour nous désarteré la soif de vos appas

« Que bien certainement nous bousillerons pas.

« Nous n'éternirons pas, vous pouvez bien le croire,

« En nous rendant hureux, l'éclat de votre gloire.

« Au contraire nous vont rhaussé votre vartu

« Par les grandes fontions dont nous sont revêtus.

« Mais si vous osé nous résisté davantage

« L'infamie et la mort seront votre pertage.

« De vos dédains cruels, voui, nous nous vengerons,

« Et d'amour criminel nous vous accuserons. »

« — De tous cotés, dit-elle, oh ! je vois de z'abimes

« Où veulent me tiré ces deux vieux cacochymes !

« J'y veux pas rien tumbé. Sauvons donc me n'honneur.»

« — Te le sauveras pas, disent-i en fureur. »

Du jardin, à l'instant, i z'ouvrent la barrière,

En puis criont partout : « Venez voir la magnière

« Dont se conduit Suzanne. Elle était à present

« Après se lancanné dans les bras d'un amant.

« Vous savé que nos lois condamnent l'adurtaire ;

« Demain nous l'assinons à l'arrêt mortuaire. »

Li ordonnant d'entré d'un air impericux,

I s'en vont li jettant de regards furieux.

QUATRIÈME LONGUEUR.

Comme le chat attend la corne et la barouette
De son maître d'hôtel, le merchand de melette,
Que doit li apporté le restaurant levet
Avé le fonds de gerle en son roulant buffet,
De même nos deux vieux étiont avant l'aubette
Impatients d'ouïr la fatale trompette
Du sénat punisseur que devait prononcé
La meurt de la barbis qui veniont denoncé.

Suzanne, dans sa chambre, attendait en patience
L'heure où elle devait allé z'à l'audience.
Sa mère Solometh et son père Hercias,
Avartis aussitôt de tous ces harias,
Arrivent gambillant auprès de la pauvrette
Qu'était tranquillement à passé sa navette.

« Quoi ! t'aurais pu, li dirent i avec himeur,

« Dedans la chàsse de ta navette d'honneur

« N'en laissé z'choyé la canette du vice ?

« C'est bon nous obligé de boire, à plein calice,

« Le bouillon de l'affront au soupé de nos ans

« Et seché nos bóyaux ainsi que de z'harans.

« Après t'ètre noirci comme une tizonnasse,

« Grand' mique ! t'ose encor nous renuclé z'en face ?

« Mais, dis-nous voir un peu qué gray de Briançon

« Peut levé une tache de ce te façon ? »

La fille, toute en pleurs, à ses parents esclame :

« Vous que de vos vartus avé tràmé me n'àme,

« Me croirié-vous impure ? Ah ! ce souçon affreux

« Fait poulaillé mon corps, bourrassé mes cheveux. »

« — Voui, dit la mère, ma frissure màternelle

« Me disait bien aussi qu'elle est pas criminelle,

« Autrement elle ne me ressemblerait pas.

« Te le crois comme moi, me n'epoux, n'est-ce pas ? »

En ce moment entront trois garots des prud'hommes
Qui li disent : « Femme de Joachim, nous sommes
« Chargés de vous conduire, en ce moment fatal,
« Pour votre jugement devant le tribunal. »

Suzanne prend la main de sa porgeniture,
Vars les juges s'avance et marche sans marmure.
Le papa, la mama en silence suivient
Et la servante aussi, que bien fort pleuriont.
La velà donc devant ce te cour prevolâble
Que va la condamné coupable ou non coupable.
Elle voit à coté ses deux denoncecteurs
Que li fesiont de z'yeux comme de gardiateurs.
«—Magistrats ! commandez qu'on ôte sa calèche,
Dit Caron enragé comme tout, « la pimhèche
« Ne mérite pas rien qu'on oye de z'égards
« Et doit à decouvert soutenir vos regards. »

Le president Zarrias, en mettant ses lunettes,
Dit au peuple : « Ecoutez, et surtout vous, fillettes,
« La faute qu'on incurpe à Suzanne, » et i lit
L'accusation qu'il a reçu par ecrit :
« Nous ont vu la Suzanne, à la petite entrée
« De son jardin, conduire à l'enceinte sacrée
« Un jeune compagnon d'un suparbe minoi,
« Avé qui, obliant et pudeur et devoi,
« Elle était sous un abre et dans une posture
« Faite pour revorté les yeux et la nature.
« Nous l'ont voulu saisi, mais ce fort compagnon,
« Nous donnant à checun un solide cognon
« Que nous fait baroulé au bord d'une boutasse,
« Par cet autre attentat de nous se debarasse.
« Preuve que ce t'écrit n'en est pas un gandin
« Nous l'ont voulu tous deux siné de notre main. »

Les deux accuseteurs, après ce te letture,
Levant la main au ciel, disent : « C'est chose sûre,

« Et nous font le sarment, à la barbe de Guieu,

« Que Suzanne a commis le péché lussurieux. »

Suzanne repond : « Quoi ! vieux estrâcles bancannes,

« Vomis par le cacou qu'epie les bardannes,

« Vous seriez si brigands que de vouloi ma mort !

« Ne craignez-vous donc pas l'échiffre du remord

« Et le tempias vengeur de votre crime infâme

« Que doivent tôt ou tard déchicoté votre âme !

« Allé, grands scelerats, malhevons, assomeurs

« D'un ministère saint vilains profenateurs !

« Vous avé denoncé z'à faux une innocente. »

Puis elle ajoute enfin, d'une voix menaçante :

« En bâve j'ai reduit votre indigne n'ardeur.

« Velà mon crime, voui, mais dedans votre cœur

« Vous peurterez toujours, en ecrit de brûlure,

« Ces deux mots dechirants : *impudique* et *perjure !* »

Le president li dit : « Femme de Joachim,
« De ça que vous perlé avé vous un témoin ?
« — Ah ! reprit-elle alors, fesant la reverance,
« Le ciel manquablement connait me n'innocence. »

Aleurs on lit dedans les tables de la loi,
Que la femme qu'aura fait lancanne à sa foi
Sera delapidée. Et puis un capitaine,
Recevant le signal, au supplice l'emmène.

Mais vela tout d'un coup le porfète Dagniel
Qu'arrive tout courant, inspiré par le ciel,
Poussant les hommes, fesant escarté les femmes.
Et criant à tu-tête : « Oh les deux vieux infâmes !
« Contre Suzanne i z'ont fait témoignage à faux ;
« Je viens pour la tiré des griffes des bourreaux.
« Voyons qu'on czamine à nouveau se n'affaire
« Si l'on y treuvera de taches d'adurtaire. »

Les juges que l'aviont condamné z'à regret
Evitarent Dagniel à prendre un tabouret,
Disant : « T'esse envoyó par une providence ;
« Viens jugé z'avé nous et sauvé l'innocence.
« — Separé les temoins, dit-i, dans un moment
« I seront confondu tous les deux promptement. »

On emmene Caron. Barzabâ se presente ;
Le porfète li dit d'une voix menaçante :
« Avé ces cheveux blancs te ne dois pas menti,
« Autrement te pourrais bientôt t'en repenti.
« Explique nous donc voir, vieille et triste caboche,
« Sous quel abre Suzanne a fait ce te bamboche ?
« — Sous quel arbre ! Sous un grosdissime figuier,
« Ensemble nous les ont vu se depillandier.
« Un figuier ! dit Dagniel, vous venez de l'entendre,
« Souvenez-vous en bien. Allons, sans plus attendre,
« Que l'on conduise ici l'autre denonceteur. »
On introduit Caron : « Approche, vieux menteur,

3

« Li dit Dagniel, pissque t'as vu le satinaire,

« Qu'avé Suzanne a fait le peché d'adurtaire

« Dis-nous un peu sous quel abre ça s'est passé?

« —Sous un gros vieux parmier dont nous les ont chassé,

« Car nous n'ont pas rien pu supeurté davantage

« Qu'à l'ami Joachim on fesit ce t'outrage.

« — Peuple et juges, vous tous vous avé entendu

« Comme, à l'aide du ciel, je les ai confondu.

« L'un dit sous un figuier et l'autre nous explique

« Que l'affaire a t'eu lieu sous un parmier antique. »

Pour aleurs les bibons, se voyant découverts,

Tumbirent z'à genoux disant : « Nous sont parvers,

« Nous ons calonnié l'épouse vartueuse

« Pour avoir rebuté notre flamme odieuse. »

Le peuple courroucé s'écrie sur le coup :

« Faut les delapidé, leur depondre le cou

« Ou les buclé et puis jeté z'au vent leurs cendres.

« C'est ben encor trop doux pour ces vieilles pillandres. »

Suzanne dit : « Quoi qui m'oyont bien fait de mal

« Je les perdonne et je demande au tribunal,

« Pour ma reparation, de m'accordé leur grâce.

« Quant i mouririont ben, j'en serais pas plus grasse. »

Le tribunal les condamne, d'aprés cela,

A recevoir checun cent coups de picarlats

Et au deportement. Ainsi ce te journée,

De Suzanne grandit l'honneur d'une coudée.

Un checun la baisit , les magistrats aussi

Tant i z'élions contens d'avoir si bien russi.

On s'en fut, en chantant, la rendre en sa demeure ;

Ça fesait un convoi d'une force majeure;

Les membres des prud'homme en avant se trouviont,

Le peuple, les sordats par dargnié les suiviont.

Elle leur dit aguieu de magnière angelique

Et avé son petit rentra dans sa boutique.

Le canetier Dagniel, qu'était toujours en l'air,

Pour li offri son bras partit comme un éclair.

Velà nos vieux bibons emmenés su la place,
Où le peuple, d'abord, les prend par la chavasse.
Faute de picarlats on prend de lisserons,
On les met dans les mains de deux fameux lurons.
Checun d'eux, aussitôt, vous arrape un coupable
Et le couche à bouchon tout le long d'une table,
Et puis, à tour de bras, sur les reins, les cropions.
Les vieux se tortilliont comme de z'escorpions ;
Le peuple rassemblé faisait la farandole,
Les femmes, les enfants, trouviont tout ça bien drôle.
« Attendé, dit Dagniel, j'ai t'un souçon curieux.
« Voyons le cotivet de ces vieux lussurieux
« Car, d'après leur corniche infâme, escandaleuse, »
« Nous pourrions y treuvé la bourle charogneuse.
Quand on eut decuti la tête à checun d'eux,
On vit qui z'en aviont mèmement chacun deux.
Les velà bien connus ces traitres ardurtaires
Que le monde croyait être de gens austaires.
Mais enfin on les lâche, y s'en vont se couché,
Jurant de ne jamais s'y faire remouché.

Puis deux sordats du guet sont placés à la porte
Pour que le lendemain le prevot les deporte.

Mais velà tout d'un coup la trompette dérein
Qu'on entend resonné là bas dans le loin loin :
On voit z'un cavaillé avecque sa bannière
Qu'arrive au grand galop tout couvert de poussière.
Les rochés, les vallons et les échos des bois
Redondiont de l'accord des fifres, des z'haubois.
Les tambourins, les cors, les violes, les raquettes,
Fesiont leur carillon avecque les clinquettes,
Le galop des chevaux, le bruit des tumberaux,
Des chariots, des mulets et les chants des z'heraux :
C'était z'un bachanal comme on n'en a vu guere
Après une vitoire au retour de la guerre.

Tout le monde se dit : c'est Joachim, c'est lui.
Il a vraiment russi d'arrivé z'aujord'hui

Que se n'épouse vient d'empeurté la vitoire;
Il aura grand plaisir de connoître l'histoire
De ce t'honneur grandi de la moiquié d'un bras,
Que va li donné l'aise à prendre ses ebats.

Il entre dans la ville escorté de ses braves
Menant les mécrians qui z'avions pris esclaves,
Chargés de leurs mequiers, estâses, composteurs,
Remisses et rouleaux de toutes les largeurs.
Joachim, aux sordats fait une belle arrangue.
Leur perlant, quasiment, comme un maître de langue,
I leur dit : « Mes amis, je suis content de vous,
« Bien longtemps l'ennemi se souviendra de nous.
« Rentré dans vos foyers ; peurté z'à vos compagnes
« Les fruits et les tropfaits de nos belles campagnes.
« Pour moi, près de mon feu pendant querques hyvers,
« Je veux me reposé de nos travaux divers. »

Le corps des lechevins, maîtres-gardes, prud'hommes,
Les juges et le maire et tous les gentilshommes
Venirent le charché pour une colation
Qu'on avait préparé z'à se n'intention.
On evita Suzanne avéque se n'idole.
Arrivé z'au dessart on prenit la parole ;
Le premié lechevin porta z'une santé
A ce brave guarrier qu'à si bien chapoté
Ces gueux de piqueurs d'once et aussi leurs complices.
On vota pour Suzanne un mequier à cent lisses,
Puis on se retira, checun s'en fut cheux soi.
Joachim en était mai satisfait qu'un roi.
I reprend se n'épouse, i la serre, i la coque
Et y vont se couché — suffit. — De ce t'époque
I se dégonfliront de leurs cruels torments
Et passiront leur temps dans les embrassements.
Ce jour là Joachim rejoignit se n'amie
Pour ne la plus quitté, plus jamais de la vie.

LA SÉDUTION RÉPARÉE.

LA SEDUTION REPARÉE.

La saine se passe entre Messieu Panaire, vieux canut, et se n'épouse, Nanon leur fille et l'apprenti, amoureux de celle-là, qu'aviont fait de goguandises ensemble.

La fille va t'auprès du papa et li avoue se n'amour.

Air du *Confiteor.*

Mon père, je viens devant vous
Vous déclaré ma tendre flâme

Pour l'apprenti que j'ons cheux nous;
Il a t'émoustillé me n'âme (*bis*),
Et cheque jour (*bis*), quand je le voi,
Mon cœur n'en gigaude de joi *(bis)*.

Le papa prend d'himeur et li dit :

Aṁ : *Cœur sensible, cœur fidèle.*

Je n'entends pas, petite sotte,
Que t'aille t'enmouraché
De Claude, et si te t'y frotte,
Je saurai bien te mouché.
Ne me tire pas la carotte,
Car, par me n'autorité,
Je te ferai z'enfremé (*bis*).

La pauvre fille, que voyait déjà le collége de l'Anti-quaille en parsecutive, était bien gonfle. Enfin elle se voit féurcé de li déclaré le mâchon.

Air : *Plaignez une fille éperdue.*

Plaigné une fille épardu
 Qu'un noir chagrin dévôre,
De voir son cher n'honneur pardu
 Et que craint bien z'encore
De peurté dans son sein, z'helas !
 Une porgeniture.
Mon père, vous ne senté pas }
 Tout le mal que j'endure. } *bis.*

Le papa z'en courroux li dit :

Air : *Dansons la carmagnole.*

I vaudrait mieux pour toi, graton (*bis*),
Que l'oye avalé lo bocon (*bis*) ;
 Pour t'être fait parpé,
 Te vas te voir tapé,
 Sur ta peau de charippe,
  A tour de bras (*bis*).

Sur ta peau de charippe,
  A coup du plat,
  Du picarla,
  Du picarla,
  A tour de bras (1).

---

(1) *Variante :*

Comment donc, petite effronté (*bis*),
T'a osé le faire parpé (*bis*).
  Je te ferai pour çà,
  A coup de picarla,
  Dansé la carmagnole
    A tour de bras (*bis*).
  Dansé la carmagnole
    A coup du plat,
    Du picarla,
    Du picarla,
    A tour de bras.

La mama, qu'a t'un agacin dargnié les reins, arrive en gambillant, et s'esclâme :

Air de la Pipe de tabac.

Ah ! qu'est i donc tout ce tapage
Que j'ai t'entendu dédcla.
Si notre fille n'est pas sage
Faut pas faire ce varrai là (*bis*).
Si elle a t'eyu z'une feblesse,
I vaut bien mieux, mon petit cœur,
Caché z'aux voisins sa grossesse
Que de li tarni se n'honneur (*bis*).

L'amoureux, qu'était caché à graboton dargnié le che-vessié du lit de la mama, arrive tout couème, les cheveux éparpillés, et dit :

Air : Comment goûter quelque repos.

Mon cher bargeois, pardonné-moi,
Et vous aussi, mère Panaire,
Les sottises que j'ons pu faire

Aveque la Nanon z'et moi.

Pour reparé ce t'adurtaire,

Je va l'épousé aujord'hui

Et avc z'elle le char fruit

Dont vous seré bientôt grand père.

Le papa et la mama sont emués. La tendresse paternelle, maternelle et simpîternelle leur gasse les bôyes. I disont aux amoureux, en bavant de joie :

Air : *Le bel oiseau, maman.*

Marié-vous, mes enfants,

Reparé votre folie,

Soyez bien sages, prudents ·

Le restant de votre vie,

Et si vous êtes n'heureux,

Vous aurez rempli nos vœux.

Et puis i s'embrassont tous comme de cognes, i se tenon arrapés comme de brignoles.

JEROME A FANCHON.

JIROME A FANCHON.

—

Air connu.

Fanchon, d'en n'haut de la banquette,
Ecoute la voix de l'amour;
Moi, quand je glisse ma navette,
Pour toi je brûle chaque jour.

T'esse mon bien
Que j'aime bien,
Tache donc voir de n'en faire de même :
Quand on se raime,
C'est si canant,
Qu'on va toujours se lantibardannant.
Mon cœur, pour toi, Fanchon souspire,
Ne prends pas rien ça pour un crac,
Car aujord'hui i fait tric trac,
Et je viens te le dire (*ter*).

Je vois pertout ta ressemblance,
Pertout te n'image me suit,
Et jusque dans les lieux d'aisance
L'amour lui-même la conduit.
Fromage blanc
Rafraîchissant,
De ta blancheur m'offre la mignature,
Et la peinture

De tes appas
Me gondivelle aussi dans mes repas.
Pomme d'api, pomme carvine,
M'offre l'aspet de tes nenons,

Et mêmement dans les grobons
Je crois revoir ta mine (ter).

Parfois dargnié le briquetage,
Quand je suis en reflexion,
Je crois renuelé ton visage
Par l'excommunication.
Et quand, le soir,
Le sommeil noir
Vient boucher mes agnelets, me n'ouïe,
Et me convie
Au doux repos ;
Tranquillement je m'étends sur le dos.
Moi que couche su la sorpente,
Je désire souvent, la nuit,

Pour dégringolé sur ton lit,
Voir tumbé la charpente (*ter*).

On me dit lourd comme un pain d'orge,
Mais, c'est égal, te sas, Fanchon,
Que pour un canut de Saint-George
J'en suis pas moins un bon garçon ;
  Et, su ce point,
  Y gn'en a point
Pour se vanté de trouvé mon semblable.
  Sois bien z'aimable,
  Lancanne-toi,
Me n'âme ne gigaude que pour toi.
 Je veux que te passe ta vie
 Aveque moi bien drôlement.
 Repose-toi sur te n'amant
  Pour la jouisserie.

Bien vrai, quand te seras ma femme
Te connaîtras ça que je vaux ;

J'allumerai dedans te n'âme
Un feu n'ardent de z'eeoupeaux.
Jusqu'à ton cœur,
Et de longueur,
Je cognerai me n'ardeur et ma flamme.
Je le proclame,
Ça tiendra tant
Que je pourrai manié mon battant.
Reçois n'en le sarmant d'avance,
Je serai fidèle toujours.
Me n'amitié z'et mes amours
Ne seront jamais rances (ter).

Aleurs qu'on est venu su l'âge,
On n'a besoin que de repos,
Faut donc travaillé de courage
Quand on est jeune z'et dispos.
A cette fin,
Soir et matin,

Te me voiras empogné ma chevie,

Et, me n'amie,

En la tornant

Te sauras comme j'enroule devant.

On avance bien à l'ouvrage

Quand il est agriable et bon,

Et le tien est si joli qu'on

Sent doublé son courage (ter).

Allons vite cheu le notaire

Pour y siné notre contrat.

De là nous irons cheu le maire,

Le curé, puis et cetera.

Notre contrat

Comportera

Qui gn'en aura point de part infernale,

Et nos deux malles

Mise en commun

Pour que nos biens n'en puissions faire qu'un.

Faudra pas rien qu'un de nous faille
A ce contrat z'et à ses lois,
Pour joui checun de nos droits
   Faut que le contrat vaille *(ter)*.

FANCHON A JIROME.

FANCHON A JIROME.

—

Air : *O ma tendre musette.*

Chair Jirôme, ma coque,
Pour tes beaux sentiments
Viens donc que je te coque
En nous lanticanant ;

Me n'amour est le même
Que t'as mis en assion
Et crois bien que je l'aime
Par reciprocation.

Mon cœur en est si tendre
Que le freumage blanc ;
Quand je suis z'a t'entendre
I se parme tout lent.
Ji voi te n'effugie
Pertout z'à tout moment,
Elle me vargondie
Memement z'en deurmant.

Quand, dessus la sorpente,
Je t'entend souspiré,
Je maudis la charpente
Que nous a separé.

Je voudrai par les planches
Pouvoir m'escamoté
Vife comme de tanches
Dessus ton lit sauté.

J'aime tous les Saint-George
Et toi par dessus tous.
Je sens dessous ma gorge
Un sentement bien doux.
Quand de ta pointiselle
L'arquet z'est bien tendu
Aleurs je suis tout zèle
Pour toi bien entendu.

Quand je serai ta femme
Voui, je remonderai
La longueur de ta flâme,
Et je pertagerai

Ton travail et la peine
Le jour comme la nuit.
D'avance j'en su pleine
D'amour et de plaisi.

Quand nous serons su l'age
Nous nous retirerons.
Ma peau et ton visage
Se requinquineront.
Travaillons de courage,
Redoublons notre ardeur,
Commençons notre ouvrage
Et vite au composteur.

D'abord j'en suis gromande
D'en être marié ;
Qui que tu me demande
Je ferai de moiquié.

C'est z'où çà me demange
Que te vient me gratté,
Et vite qu'on s'arrange
Pour allé contraté.

JOSETTE.

JOSETTE.

—

C'est z'une fille que se n'amant a l'été obligé de perti pour le premiez ban.

Air : *O Fontenay.*

O Pilata, séjour de mon Guillôme
Qu'en est perti pour le ban de devant,
Je viens revoir un moment quand je chôme
Ce jardin z'où nous venions si souvent (*bis*).

5

De mon Guillôme j'y vois l'effugie
Pertout perlà z'où je peurte mes pas.
Mon pauvre cœur à cheque instant fretille
De peur de n'en apprendre son trepas *(bis)*.

Reviens, reviens tout près de ta Josette
Te bardanné su son sein perpitant.
Elle t'appelle à tout coup de navette
Elle t'attend z'à tout coup de battant *(bis)*.

Qu'ai-ju donc dit pour essuyé mes larmes?
Mon bon ami, je ne voudrais pas rien
Que, lâchement, t'aille quitté les armes
Avant d'avoir chapoté le russien *(bis)*.

LA NAUGURATION

DU MONUMENT DES BRETTEAUX.

LA NAUGURATION

DU MONUMENT DES BRETTEAUX.

—

Aleurs qu'en mil vuit cent dix-neu, on ammena la car-
casse du comte de Parcy au monument des Bretteaux,
les umbres des vittimes furent pour le recevoir à la porte
avé de z'honneurs ; mais quand i s'aparcevirent qui l'avait
une recuite pour cocarde et trois croix su l'estoma,
comme un carvaire, i se revolutionnèrent contre celui-là
que les avait fait battre contre le drapeau tricoleur, en

1793. I les avait trumpé pissque lui se battait pour les Borbons.

Air du *Juif-Errant*.

1er OMBRE.

Ah ! qu'est-ti donc ce t'homme

Qu'arrive en gambyant ?

Avé sa large tomme (1)

I l'a l'air d'n sargent.

2e OMBRE.

C'est Messieu de Parcy

Qu'on nous envoye ici.

C'est un homme de marque,

Un peureux chavayé,

Le valet d'un monarque

Dont i se fit peyé.

I nous a mis dedans

Je l'i garde une dent.

(1) Petit fromage blanc.

Quand nous mangions d'avoine
I bouffait d'aloyaux ;
I s'engraissait z'en moine
Avé ses generaux.
On nous a fusillé
Et lui s'est esquillé.

1er OMBRE.

Au plus je le regarde
Je ne reconnais pas
Ce te pâle cocarde
Que nous ne portions pas,
Quand nous nous chapotions
Au siége de Lyon.

2ᵉ OMBRE.

Bûchons, nobles vittimes,
Ce scélérat bibon
Qu'a creusé ces abîmes
Au profit d'un Borbon.
Tombons su ce bourreau
Cramaillons li les os.

Et velà qu'on l'assomme à coup de poings, de chevilles et de pontaux. Les chevayé lyonnais, decorés de la fiageole royale, voulure le revengé, mais i furent chapotés aussi et de même.

LA REVUE.

LA REVUE.

—

Une canuse et sa fille arregardiont la revue, en Bellecour, où y avait les calonniers, bons royalistes decorés du
lisse.

Air de *Mongorfi*.

LA FILLE.

Qu'est ti donc ça que brandille
A nos gardes nationaux ?

On dirait de béatilles
Qui portont z'à leurs chapeaux.

LA MÈRE.

Ma fille, c'est de z'oupettes;
Les vortigeurs, grenadiers,
Les ont toutes rondelettes
Et longues les calonniers.

LA FILLE.

C'est les grenadiers que j'aime,
Leur oupettes me font plaisi,
Et les vortigeurs de même
I les ont bien drôle aussi.
N'ayez pas peur que je jappe
Pour ces tireurs de canon,
Leur oupettes sont trop flappe
Et pointu comme un chardon.

L'ENTARREMENT

DU COMMARCE.

L'ENTARREMENT

DU COMMARCE.

—

Au carnaval de 1823, à Lyon, une mascarade fut eur-
ganisé pour manifessé la desimprobation contre la guerre
d'Esspagne. I z'aviont représenté une chàsse sur quoi on
voyait z'un Marcure et de corne d'abondance que vomis-
siont de protèts, de faillites, etc., etc. On voyait aussi le
cas-duché cassé et autres emblèmes, le tout trainé su un
camion. Ceux-là que composiont le cortége etiont en

deuil avé de faux nés. I furont porsuivi par la police, et le
Marcure condamné à six mois de prison avé une amande
que n'etait pas rien une amande douce.

AIR du Cantique de saint Roch.

Accouré tous, jaquardiers, satinaires,
Pour entarré notre commerce mort.
Allons, chantons comme de missionnaires,
Pleurons, pleurons notre malhureux sort.
    De nos banquettes,
    Méquiers, navettes
    Fesons de feu ;
Pour nous chauffé z'un peu.

Allons, suivons ce convoi funeraire,
Mélons nos pleurs à ceux-là du merchand,
Car ! l'y perd comme le satinaire,
C'est bien porquoi i n'est plus si mechant.
    C'est, chose sûre,
    Que si ça dure

Faudra, ma foi,
S'engagé pour *la foi* (1).

Air : *Ma commère, quand je danse.*

Au pont de la Guillotière
D'un commissaire l'agent,
Voulu z'empogné la bière
Et le Marcure galant.
    Mais aussitôt,
    Su ce bedeau,
La cohorte tout entière
Tombe à grand coup de garot.

Air : *Il pleut, bergère.*

A la place Leviste,
Un autre aide de camp,
Qu'était là z'à la piste,
Veut faire l'arrogant.

(1) Il y avait alors, sur nos frontières, une armée royaliste espagnole, à laquelle on avait donné le nom de *l'armée de la foi*

Bien vite on le sansouille
Dedans un grand gaillot.
De peur sa voix s'enrouille,
I se sauve capot.

AIR : *Au clair de la lune.*

A la Mort-qui-Trumpe,
Agens, surveillans,
Arrêtent la pumpe
Par le roi, criant :
Faut pas qu'on nous brave,
C'est trop z'odieux.
Menons à la câve
Ces seditieux.

AIR *des Trembleurs.*

Que fit aleurs le cortège
Couvart de pluie et de neige
Que requinquinait le fege
Des atteurs et spetateurs.

I jette dedans la môye
Le corps du défunt qui noye.
En Avignon i l'envoye
Pour être restaurateur.

AIR *du Pas redoublé.*

Les agens, à pas redoublés,
　Le long de la rivière,
Courrions comme de z'endiablés
　Pour repêcher la biere.
Une grand poucette d'honneur
　Avait z'été promise
Pour celui qu'aurait le bonheur
　De faire ce te prise.

AIR : *O ma tendre Musette.*

Craignant la fièvre jaune
Et puis certain mouchard,
Notre rivière Saône
Vomit le corbillard ;

Le met z'en quarantaine
Là su le bord du quai,
D'où ensuite on l'enchaîne
Et conduit z'au parquet.

Air *des Pendus.*

Messieu le procureur royal
A t'obtenu du tribunal
Jugement contre le Marcure
A six mois de prison oscure,
L'amande amère memement,
Pour vengé le govarnement.

L'HOMME DE LA ROCHE.

L'HOMME DE LA ROCHE.

—

Entrequien de JEAN FLAMBERGE, dit l'*Homme de la Roche*, avé l'eslatue sequèstre de LOUIS-LE-GRAND à se n'arrivé à Lyon, lé 15 octobre 1825.

Air : *Le bon roi Dagobert.*

Jean Flamberge, en passant,
Dit à ce grand roi conquerant :
Salut, ô Majesté,
Je desire d'être écouté.

Je t'ai vu munté
Et après tumbé,
Convarti plus tard
En sous de six-liards.
Eh ben ! repond le roi,
Je me tiendrai mieux ce te fois.

L'an treize en mil sept cent,
Nous t'ons auguré gayement.
Mais, en nonante-trois,
Ceux-là qui n'aimiont pas les rois
T'ont depontelé,
T'out escartelé,
Le Rhône a pleuré,
La Saône a seché.
Eh ben ! repond le roi,
Je me tiendrai mieux ce te fois.

MA NAVETTE.

MA NAVETTE.

Air *du Sabre.*

Un canu, qu'un temps de disette
Forçait à chanté tous les jours,
Disait z'à sa chère navette,
Objet de ses meilleurs amours :
La meurte, hélas ! a remplacé la presse
Où ton secours vint relustré mon bras,

Et aujord'hui que nous n'ont plus de presse,
Bambanne-toi mais ne t'enrouille pas.

    Un jour que j'en etais delerte,
    Un brave canu de Lyon,
    Me rencontrant z'à la Déserte,
    M'emmena droit z'au Gorguillon.
Fier d'être assis sur sa noble banquette,
Dans l'art de soie je marchai à grands pas.
Ça n'est plus ça, ô ma chère navette,
Bambanne-toi mais ne t'enrouille pas.

    Dans ce te ville où, tout de même,
    La fabrique est le plus beau z'art,
    De z'hommes, trop regonflés d'ême,
Ont, par malheur, evanté la jacquard.
Depuis aleurs nous laissons la clinquette,
Le jaquardié se branle aussi les bras,
Et comme nous i dit à sa navette :
Bambanne-toi mais ne t'enrouille pas.

T'as fait z'assez pour la fabrique,

T'as su apprendre, dans ma main,

Aux apprentis de ma boutique

A fabriqué gros de Naple et satin.

Mais quand je viens de munté z'un fleurence,

Que mêmement mon merchand met z'à bas,

Je vois toujours un chelu d'esperance :

Bambanne-toi mais ne t'enrouille pas.

Je peux passé pertout sans blâme,

Aux merchands j'ai rendu leur poids;

Je n'ai pas humidé leur trâme,

Margré la sangle où j'ai t'eté cent fois.

Si t'as parfois, glissant sous la fassure,

Degringolé de l'en n'haut jusqu'en bas,

Tes fil, jamais, n'en ont fait d'escorchure;

Bambanne-toi mais ne t'enrouille pas (1).

(1) Cette caanson est la traduction, en vrai patois cannu, de celle qui avait paru à la même époque.

DEPUTATION AU DUQUE D'OLEANS.

DEPUTATION

DES VIEUX CANUS AU DUQUE D'OLEANS.

(Trubles de novembre 1831.)

—

Air de *Montgorfi.*

Nous ouvriés de la Croix-Rousse,
Saint-Just, Saint-Paul, autres lieux,
Deplorons ce te secousse
Des vingt et un vingte-deux.

Nous presentons nos hommages
Au grand prince d'Oleans
Et serons, puis, aussi sages
Que nous sommes doleans.

Ne faut pas que votre artesse
Croye tous les patrigots
Faits par l'humeur coleresse,
Par les milieux, les bigots.
Nous vous vont conté la cause
De ces combas malhereux,
Et quand vous sauré la chose
Ça deborgnera vos yeux.

Nous avions une tarife
Endossé par le prefet,
Mais d'un bon coup de ganife
Les fabriquants l'ont defait.
Depuis mai de trois semaines

Nos droits etions meconnus,
I voulions mangé les pennes
De tous les pauvres canus.

Les saigneurs de la fabrique
Nous marpaillons puis trop fort.
Fallait ouir leur cretique,
I nous donnions toujours tort.
Malhureusement les têtes,
Les esprits sont transportés.
On se tuait comme de bêtes
De l'un et l'autre côté.

Nos regrets sont bien sinceres,
Que chequn en fasse autant.
Et nous revivrons en freres
Pendant, ma fi, bien longtemps.
Oblions notre querelle
Et consarvons notre sang

Pour chapoté la sequelle
Des dispotes, des tyrans.

Notre prefet nous affiche
Que vous êtes l'arc en ciel,
Aimable comme une biche,
Une rotie de miel
Pour adouci la souffrance
De nos ouvriés malhureux
Que font l'honneur de la France
Margré l'injuste milieu.

Votre menteur de ministre
Croira bien qu'il a t'eu tort
De voir un complot senistre
Dans ce fâcheux desaccord ;
Nous li donnerons un cierge
Qu'à Forvière i portera.
I l'est ben sur que la Vierge
Li repondra : Ça'ira.

Nous etions for en colère

Aleurs que j'on vu entré

Tout ce t'attirail de guerre,

Le canon pret z'à tiré.

La clemence souveraine

Nous a bien trop z'alarmés ;

Mais en moins d'une semaine

Nous serons tous desarmés.

Pour notre ville coupable (1)

Quoique le maire oye dit

Soyé pas impitoyable

Car tout ça c'est de z'on dit.

Elle a prouvé sa vaillance;

Résistance à l'oppression (2)

Sera toujours la croyance

Des ouvriés de Lyon.

(1) Le maire de Lyon, absent lors des événements, arriva tout exprès pour complimenter le prince et débuta par ces paroles : *Je viens au nom d'une ville coupable* .... etc.

(2) La devise des Lyonnais, pendant le siége de leur ville, en 1793, était : *Résistance à l'oppression.*

LA JACQUARD.

LA JACQUARD.

—

La Jacquard est z'un mequier su quoi on peut tout faire,
et su quoi nous font bien tout aujord'hui

Aɪʀ : *A la Papa.*

Maudissons, gens de Lyon,
La rare occupation
L'evention
Du fameux Jacquard

Que, ruinant la fabrique,

A reduit z'au quart

Notre meilleur n'ouvrage à la Jacquard,

   A à la Jacquard (*bis*).

En fabrique, comme ailleurs,

On voit de ces raffineurs,

De grands rogneurs,

Que, prennant leur part

Trois fois comme les autres,

Ne payont qu'à quart

Et nommont ça payé z'à la Jacquard

   A à la Jacquard (*bis*).

La Jacquard est de partout,

Chaque etat z'en a t'un bout

   Ici seurtout ;

Geux, aisés, richards,

Ouvriés, rentiés, coquettes

Et jusqu'aux soudards
Tout est ici traité z'à la Jacquard,
   A à la Jacquard.

Voyé ce negociant
Tous les mois communiant,
   Etudiant
Son prochain depart
Pour Geneve ou Carrouge,
Après un retard,
Paye ses creanciers à la Jacquard,
   A à la Jacquard.

Prené fille de bon ton
Ou fille d'un marmiton,
   D'un fatoton;
D'abord, le godard
Vous fait passé quittance,
Et, un peu plus tard,

I vous paye la dot à la Jacquard,
A à la Jacquard.

Mené pissé votre chien (1)
I faut le gardé, ou bien,
  Par un lien,
Carlin, loup, canard
Sont mené à l'École (2)
Où messieu Renard
Leur coupe la parole à la Jacquard
  A à la Jacquard.

Prené au poids usuel,
C'est z'un vol continuel
  Et bien cruel !
Notre poids de marc,
Celui-là de quinze onces,

(1) Ordonnance sur les chiens errans.
(2) L'École vétérinaire.

Est mis à l'escart.

Les merchands font bancanne à la Jacquard,

   A à la Jacquard.

Pour nos peres Augustins (1)

Convarti les Guillotins

   C'est de festins.

Mais, pour la plupart,

I z'ont biché bien guere.

Le pere Medard

Ne les a convartis qu'à la Jacquard,

   A à la Jacquard.

Un jour les sordats portiers, (2)

Ces negres rouges grossiers,

   Su de z'ouvriers

De leur coutelaz

(1) Mission à la Guillotière, en 1822.
(2) Alors les portiers étaient généralement des Suisses.

Tapions comme de z'ogres
Lorsqu'un chef mouchard (1)
Leur dit : Bravo ! tapé à la Jacquard,
   A à la Jacquard.

Nos borgeois, su les Tarreaux,
Traiterent bien de bourreaux
   Tous ces bedeaux.
Pour avoir pris part
A cette remontrance ,
Oderieux, Yvrard
Ont z'été z'encavés à la Jacquard,
   A à la Jacquard.

Le coronel Marluchier (2)

(1) C'est un fait connu que cet encouragement donné aux soldats suisses qui maltraitaient des ouvriers en les conduisant en prison.

(2) Il y avait, alors, à Lyon, beaucoup de Suisses marchands de merluches et d'autres salaisons.

A traité d'un ton artier
   Le cafetier
Que fit le pleurard
Pour r'ouvri sa boutique ;
Le pauvre cagnard
A t'eté gandayé z'à la Jacquard,
   A à la Jacquard.

Su l'huile et su nos mequiers,
Pour payé nos guichetiers,
   Les grands dimiers
Ont mis, de leur part,
Une grosse hympotheque,
Sans z'avoir n'egard
Memement aux mequiers à la Jacquard,
   A à la Jacquard.

Et si vous representé
A messieurs les disputés

Vos pauvretés,

Vite un goguenard,

Gandayant la requete,

La met à l'escart.

Voilà comme on vous traite à la Jacquard,

A à la Jacquard.

Et les pairs-nobles aussi

Repondent en racourci

A tout ceci.

On accorde un liard

A vingt sous de supplique,

C'est là, pour ma part,

Une autre mecanique à la Jacquard,

A à la Jacquard.

Notre maire (1) est cheu les guieux,

Son secretaire Odieux (2)

(1) M. Defargue, maire de Lyon.

(2) M. Hodieu a été pendant plus de 30 ans secrétaire de la mairie de Lyon.

Fait ses adieux

Au brave Gaspard

Le doyen de la cave ;

C'est sous ce jacqmard

Que l'on nous elcmençait z'à la Jacquard,

   A à la Jacquard.

L'aidejoint Nigodinos (1)

A t'été bien à propos

   Mis en repos.

Mais, un peu trop tard

Pour notre pauvre ville,

Ce vilain caffard

En a roté son âme à la Jacquard,

   A à la Jacquard.

Nos braves sordats, ma foi,

(1) M. G..., adjoint.

On passé la Bidesoi (1)

    De bon alloi.

Ca pourra plus tard

Relevé nos fabriques

Que messieu Minar (2)

Voulait bien mettre à bas à la Jacquard,

    A à la Jacquard.

Nos disputés Lyonnais

Sont allé à bien de frais

    Dans le Forêt (3),

    Afin de prié

Madame d'Angolème

De v'ni sans retard

Mettre en train nos boutique à la Jacquard,

    A à la Jacquard

(1) Passage de la Bidassoa, lors de la guerre d'Espagne, en 1823.

(2) Mina.

(3) Une députation lyonnaise fut envoyée, en 1828, à Saint-

Notre disputé Pavit

Avé dignité li dit,

  D'un air contrit :

  De nos habitans

Vené rempli l'attente,

  Car depuis longtemps

La grosse moitié chante à la Jacquard,

    A à la Jacquard.

La dosfine d'Angoumois,

Faizant z'un signe de croix,

  A nos courtois,

  Dit, à grosse voix :

« Je veux suivre ma route

  « Car, pour ce te fois,

« Je peux pas fair banqueroute

Etienne, pour prier la duchesse d'Angoulême de venir à Lyon avant de se rendre à Vichy.

« Aux Vichinois,

« Aux bons Vichinois.

« Le bon Vichinois me plait

« Quand il est grand et replet

   « Et toujours prêt.

   « Qui que de Lyon

 « Peut z'entré z'en balance,

   « En conjonction,

  « Pour prendre concurrence

   « Aux Vichinois,

« Aux bons Vichinois? »

Le mistère Polignac

Était fils du Martignac

  Et gnic et gnac.

Plus de concession !

Repetions les jésuites.

La cangrenation

Voulait nous govarné z'à la Jacquard,
A à la Jacquard.

Charles dit : *Ma volonté*
Est remuable ! Entêté
Qu'il a t'été !
Mais v'là le petard
Que li donne dedite,
Lui et son moutard
I font leur remuage à la Jacquard,
A à la Jacquard.

Polignac, Guernon, Montbel,
Chanteleau, baron Capel
Et Peronnel,
Puis ce grand cagnard
Vouliont saigné la châte,
Mais tous ces braillards

Ont été grafinés z'à la Jacquard,

A à la Jacquard.

L'ex cond'Artois fuit pleurant,

Et rongé par le ver blanc,

C'est z'un feignant.

Le dosfin aussi

S'en va pour l'Angleterre

Avé la Berry,

Et l'enfant du mistère à la Jacquard,

A à la Jacquard.

La duchesse de Berry,

La luronne du parti,

On la trahit.

Avé son Menard

Par dargnié la bretagne (1)

(1) On appelle communément bretagne, à Lyon, la plaque en fonte qui garnit le fond d'une cheminée.

Et de bonne part
I fesiont de colagne à la Jacquard,
   A à la Jacquard.

   Quand on eut trouvé leur nid,
   La duchesse n'en pâlit,
     Menard aussi.
   Et puis, sans retard,
   Su une grande beche,
   On fit leur depart
Vù z'une maladie à la Jacquard,
   A à la Jacquard.

   Messieu Chavasse-Toupet
   A sa chambre s'en allait,
     Su son bidet.
   Lorsque, vars le quai
Velà z'un coup que petto (1).

(1) Le coup de pistolet du pont de la Concorde.

C'est rien, dit Gisquet,
C'est rien qu'un attentat z'à la Jacquard,
A à la Jacquard.

Messieu Chavasse pâlit,
Se n'etat-mangeur fremit,
Le peuple aussi.
Mamselle Bourri
Qu'avait relevé l'arme
Et sauvé Valmy,
Tout z'aussitot se parme à la Jacquard,
A à la Jacquard.

On arrête un assassin,
Deux et trois, puis, quatre et cinq
Et jusqu'à vingt.
Benoit, Bergeron,
Empoignés dans la foule,
Sont mis en prison

Pour y perdre la boule à la Jacquard (1),
     A à la Jacquard.

Un seul témoin bien loyal
Les accuse au Tribunal,
     Mais c'est z'égal !
     En vain Persi dit
     Qui faut qu'on lui adjuge ;
     Oh ! dit le jury,
Aucun de nous ne juge à la Jacquard,
     A à la Jacquard.

Persi, boule depité,
De rien voir decapité
     Est z'attristé.
     Le père au riflard

(1) A Lyon, on avait, par dérision, donné à la guillotine le nom
de *Mécanique à la Jacquard*.

Li dit, dans sa colère,

T'esse un grand couard ;

Que sert donc la justice à la Jacquard ,

A à la Jacquard ? (1)

(1) Il est facile de comprendre que cette chanson, commencée à l'époque de l'invention du métier de Jacquard, a été successivement augmentée à chacun des évènements auxquels elle fait allusion et dont le dernier est le procès suivi à l'occasion du coup de pistolet tiré sur le roi Louis-Philippe, vers le pont de la Concorde, à Paris.

LA COMÈTE

LA COMETE

—

C'est ce te comete qu'a t'été z'annuncé, may de quatre
ans à l'avance, par le bureau des longuétudes, avé la fin
du monde.

Air : du Juif-Errant.

Tremblé mequiers et outils de soierie,
On va vous voir bientôt dépontelés,
Par la comete, en sa grande furie.
Tous les pays n'en seront ébranlés.

8

Châteaux, masures,

Boudoirs et cures

Degringolant,

Rentreront z'au neant.

L'eau montera bien près de vos luquernes

Et vous verré la mer d'ici de là.

Elle elindra vos chelus, vos lanternes,

Cögne et richard, checun la gobera ;

Car la comete

N'est pas si bete,

Que d'epargné

Ceux-là qu'ont tant gagné.

Preparé vous, pecheurs et pecheresses,

A roté l'âme avant qui soit quatre ans.

(Les efreyés s'esclament).

— Oh ! par piquié, dites, devineresses,

Vont-ju soffri de si cruels torments ?

Faut qu'on remete

Ce te comete,

Tout bonnement,

Pour l'an mil et neuf cent.

Vous, disputés de notre chambre basse,

Sans câtolé preposé une loi

Au ministere, à seule fin qu'on fasse

Gandayé l'astre et puis après, ma foi,

Nous pourrons rire,

Chanté et dire,

Flus de neant,

C'est i, c'est i canant.

LA BANQUETTE

LA BANQUETTE

—

Air : *Vers ma chaumière.*

Var ma banquette,
Je m'achemine le matin,
Et quand j'aperçois ma Josette,
Ça remet mon battant en train,
Su ma banquette.

De sa banquette
La Josette me fait de z'yeux
Et moi, à mon tour, je li jette
D'arregardemens delicieux
De ma banquette.

Su ma banquette
Je suis souvent en revation.
C'est toujours ça de la Josette
Que cause mes perpitations
Su ma banquette.

LES MARIAGES DOTÉS

LES MARIAGES DOTÉS

RESSIT DE LA ÇARIMONIE QU'A T'EU LIEU (avril 1810).

————

CLAUDE CHELU , ouvrié taffetaquié , à se n'amante URSULE TRAFUSOIR , devideuse , à Nismes , en Langue-d'oque.

Lyon, le 10 n'avril 1810.

Me n'adorable amie,

Dimanche dargnié on a marié à Lyen douze compagnons, contre autant de compagnones. I z'ont ayeu checun 1,500 francs. C'est bien malheureux que te n'oye pas été ici, nous n'en aurions petètre biché notre part.

Te sas bien que ma dargnière maladie m'avait bien mis à ccurt. A present que ça revient peu z'a peu, et que je commence à avoir querque chose devant moi, nous aurions pu nous joindre ; ça m'aurait bien fait de bien, car la nature opère dans me n'intérieur, et d'après la conscurte d'un bon serrugien, j'ai été cheux madame Quiquemar (Ditmar), aux eaux miserables ; elle m'a donné deux ou trois douces que m'ont bien soulagé, et ça m'a l'evacué considérablement.

Les mariés étions *Claude Lacoca* et *Josette Tirelle, Jean Quarrète* contre *Pathine Organcin, Barnabé Panaire* et *Patiente Fassure, Benoit-Ignace Tempias* et *Berbe Lizière, Philibert Battant* et *Rose Trâme, Alessis Compaynon* et *Bibianne Banquette, Lazare Pontiaux* et *Orsule Doubloir, Juste Peigne* et *Legère Pointizelle, Blaize Tacque* et *Simone Lisseron, Barna Rouleau* et *Lubine Roquet, Longin Cheville* et *Brunode Remisse, Jaquot Peigne* et *Dodon Questin.*

Apres le mariage i furont diné à la Maison de Ville ; j'y
était évité. Nous mangimes de pain de radisse, de petits
potets de soupe de pape qu'était douce comme de melasse.
Ah ! c'était un diné chenu ; et puis le soir de Janses et de
z'erruminations.

Pour n'en reveni à ces mariages, je va te perlé de la
çarimonie religieuse et te raconté le sarmon qu'a t'été
ecrit à mesure par un savant escographe qu'ecrit may
vite que te jappie ; enfin, sa plume va si vite que tes
guindres.

Nous furont tous à la maitrépaule de Saint-Jean, où
étions toutes les autorités si viles et melitaires.

Dabord les prud'hommes, la maireric, le parfait, les
chefs sordat, les juges, concelliers, les avocats avé de
peaux de lapines qu'on appelle varmine, que pendent par
dargnié, enfin les procureurs et les hussiés.

L'archevêque Josel Fege officia la messe ; plus de mille
chelus éclairiont la çarimonie ; tous les maitres, compagnons et cannequiers, mâle et fumelle, assistiont avé leurs
habits des dimanches.

9

Les prêtres étiont tous vetus d'etoffes et dorures de la fabrique de Lyon; de z'hommes et de femmes du tiers état et de la noblesse étiont dans les colideurs d'en n'haut.

La messe finie, un grand chatmoine de Saint-Jean, à visage courbouillonné, monte dans le gerlot, au moment que les epoux étiont sous le panaire nuptial. I reste un moment z'en reflession ; il arregarde les epouses avé de zieux de gognandise, brillant comme de z'agnolets et de maillons tout neuf, les lève var la scurpente etarnelle à travers les saintes liquernes , tusse trois fois, renifle sa prise et dit :

« Ah ! mes chères barbis !

« Que je sus n'heureux d'avoir été choisi pour votre « bargé fidelle, dans ce jour où la grâsse de Guieu et la « largeur du grand Napolyon Bonapart vous avient « comme par un miracle. Vous allé être runis chequ'un « à votre chequ'une ; pensé que c'est pour toute la du- « rance de la vi de l'un ou de l'autre, que ce jognement « z'a lieu.

« C'est z'en presence du bon Guieu d'Abram, d'Isaque et
« de Jacôt, que vous allé vous juré z'une foi pure et etar-
« nelle et formé de nœuds d'amitié que la meurt même ne
« peut pas denué, quoique cependant elle les coupe à son
« gré quand le destin conduit ses feurces assassineuses
« su le fi de votre esistance.

« Je dois vous rappelé z'ici les premières paroles me-
« morables du criateur à ses premières criatures : —
« *Cressé et meurtiplié.* — Ça veut dire que vous ferez de
« z'enfants, que vous les eleverez dans l'amour du travaille
« et dans la crainte de Guieu ; vous n'en feré d'abord de
« canequiers et puis après de compagnons que feront un
« jour le gloire de la fabrique de Lyon.

« Vous, maris, cheffes et soutiens de la maison, tiré
« souvent avé votre cheville, à seule fin que le rouleau de
« devant grossisse bien vite et qu'on rende d'abord. C'est
« le moyen d'être preferé, car y a t'un proverbe que dit
« que c'est toujours à l'ouvrage qu'on connait le compa-
« gnon.

« Soyé doucereux dans la conversation, grand dans

« l'assion et modéré dans l'ezecussion, car trop d'ardeur
« parfois nous fait faire aufrage au port et resté z'en
« blanc au moment d'être hureux.

« Que jamais du grand jamais l'abominable ardutaire
« ne vienne ennuagé les jours serins de votre menage.
« Imité la châsteté de Josel qu'aimit mieux laissé sa gue-
« nille dans les doigts de Putsfar, que de faire un
« affront su le front de Pharaon, son borgeois.

« Ne soyé pas non plus trop prompt à vous efarouché
« au moindre sousson su .. vartu de vos femmes. Vous
« eviteré par là, au bocon de la jalouserie, de se glissé
« trop aisément dans vos cœurs.

« Ne faites pas toujours attention à leurs gongonages
« ordinaires et naturels, et croyé que bien souvent le soir
« d'un jour brouillasseu est aussi luisant que la plus belle
« ordre.

« Ce sesque faible et sensible a besoin de soutien : ap-
« puyé-le donc de toutes vos feurces. Ce sesque est sus-
« setible de z'erreurs : perdonné le. Et pourquoi ne li
« perdonnerié vous pas ? Samson a bien perdonné à la

« parfide Dalila de li avoir coupé la queue pour, après ça,
« faire de z'impuretés avé les Philotins.

« Et vous, femmes sensibles, soyé toujours soumi-
« ses et obeissantes à vos maris ; aimé les comme vous
« même. Si le Segneur, par sa grâsse, vous accorde de
« z'enfans, semé dans leurs jeunes cœurs les promiers
« principes de l'airt de la soie et de la religion ; soyé
« tout entières à vos maris , à leurs boutiques et à vos
« enfans.

« Mais si par hazard le demon de la chair , ce demon
« seduiteur, venait se cogné z'a vous, vous emboiné,
« vous insiné de z'idées lubriques, de z'idées adurtaires,
« desarrapé vous en vite; repoussé le de toutes vos feurces
« et dites, avé sainte Vérolique : Satan ! te crois me
« tenté, mais me n'honneur est rempli d'épines que l'em-
« pêcheront d'en approuché !

« Faites comme le bon profète Grignole, qu'aimit mieux
« laissé mangé ses joies par les bardannes plutot que de
« succombé z'à la tentation du péché de la chair, et que
« s'escannant d'un monde corrompu, à vivu trois ans dans

« une ile desarte, rien que de trognons de salades et de
« currailles de pommes.

« Mais si, contre me n'idée, querques unes de vous
« n'etiont pas en etat de grâsse pour recevoir le beniment
« du mariage et qu'elles z'osiont appeurté dans ce sanc-
« tuaire un cœur belet et une âme varrote, qu'elles
« s'escartent à l'instant et on voira leur péché tout à de-
« couvert..... »

Ici le chatmoine s'arrête; i les arregarde, les escurte de
l'en bas jusqu'en n'haut, et aprè un moment de repos i
s'esclame :

« Ah! grand Guieu ! je vous ai toutes vu dans l'interieur,
« et j'y ai lit, avé une grande et sensible satifassion, que
« vous êtes pûres comme l'eau des Trois-cornets.

« Que de grasses, barbis, ne devé vous pas au Segneur
« pour vous avoir derigé dans le chemin de la vartu;
« consarvé ces sentiments de beattitude pour les joïssan-
« ces pures et perfaites que vous allé gouté z'aujord'hui.

« Mais avant de nous quitté, je dois encore à votre in-
« teret, à mon saint menistère de vous faire querques

« osservations su votre conduite future dans vos me-
« nages.

« Dabord oyé toujours la religion devant les yeux ;
« que l'eur ni les presents ne vous seduissiont jamais ;
« préféré moi une médiocrité honoreuse à une aisance
« debaucheuse et rappelé vous bien que vous avé tou-
« jours devant vous un parcipice où l'humanité peut s'en-
« glouti z'a tout moment.

« Dans les moments que vous pourré prendre au tra-
« vaille et au soignement de vos menages, empogné moi
« la bible ; cogné z'y toutes vos idées , suivé les esemples
« sans nombre que s'y treuvent, comme qui dirait, par
« esemple, la belle Jeudit. Jeune, belle et veuve, que
« d'épines n'a t'elle pas échappé pour sauvé se n'honneur
« de la mordure de la lubriquité n'et de la calonie ! qué
« feurce d'estoma ne l'i a ti pas fallu pour jouté si long-
« temps contre l'erreur, la sedussion de la jeunesse, la
« trâme des amoureux et la chaine du veuvage !

« Qué feurce de temperament li a t'i pas fallu aussi
« pour seurti de Bethulie dans son moment cretique ; allé

« treuvé z'Olopherne dans son camp , agacé se n'ardeur,
« se laissé parpé par ce tout puissant general, sans jamais
« succumbé à la tentation ; le barcé, l'endeurmi su ses
« genoux, et, tout d'un coup, par une sainte inspiration,
« vous li coupé la tête comme à un pilliot.

« Mais, si ce t'exemple est bon à suivre, ah ! comme
« vous devez tremblé, fremi de tumbé dans le péché
« d'Adam et d'Ève.

« Arregardez moi ce l'Eve qui, margré la defense du
« père eternel, va s'empogné a l'abre de vi et n'en
« goute le fruit. Et puis, ce grand gognan d'Adam qu'a la
« feblesse de l'i aidé ! et bien, qui ont t'i gagné pour
« s'être, comme ça, laissé agromandé par le sarpent se-
« duiteur? L'ange esterminateur est venu, que les a bien
« fessé avec sa varge et les a gandoyés du paradis tarres-
« tre, où y z'etiont à bouche que veux-tu et comme de
« coque en pâte : *In esterion paradisé coqus in pâtesse.* Velà
« comme disiont les cinpères et les sixpères du desert.

« Allons, que chequ'n glisse à sa chequ'ne l'enseigne de
« la conjugalité. »

Aleurs les compagnons approchent la main de la cheville, prennent aux compagnonnes celle du questin vuide,
et leur glissent la bague.

Le chatmoine tient les deux mains su leurs têtes en
feurme de benedition, et leur dit :

Ego grojigo intriboyau in machinorum fumulus.

Et puis..... velà qu'est fini. Aussi, me n'adorable, je
t'en dirai pas davantage pour ce te fois.

Claude CHELU,

que brulera toujour por toi.

ADRESSE

A TAILLERIN-PATRIGOT

ADRESSE

A TAILLERIN-PATRIGOT

MEMBRE DU GOVARNEMENT PROVISOIREMENT.

———

Les ouvrié en soie, taffetaquiers et satinaires de la ville de Lyon.

A se n'esquilence monsigneur Taillerin-Patrigot, president du govarnement provisoirement.

Monsigneur,

Les ouvrié en soie, taffetaquiers et satinaires de la ville

de Lyon, z'ont l'honneur de vous presenté leur adition au nouveau govarnement et à tout ça qui fera pour le bonheur de la France.

C'est quasi impossible de vous peinturé la jouisserie que nous ont epreuvé a l'aspeque de c'te grande evolution que vient d'arrivé z'a Paris par le canal de la Preuvidence et sans effusion de sanque.

Depuis lontemps tous nos mequiers se bambanniont; depuis lontemps nous chomions d'ouvrage et de bonheur; nos meulieurs compagnons, nos cannequiers et nos enfants nous ctiont tous embandés faute d'ouvrage, par le ban de devant ou par la conscrition.

La guerre, c'te fumelle ferdée qu'a devoré tant de vi utile a l'etat, et qu'interpretait le decoulement de nos merchendises, a t'enfin cessé; Dieu n'en soit loué!

Nous allons donc voir ressuscité nos mequiers et le travaille; nos compagnons vont quitté leurs armes mutrières et offensibles pour reprendre leurs navettes glissantes que les attendent à bras ouverts et nous autres borgeois, en nous donnant z'un peu de remument avé nos femmes, nous vont faire de jolies pièces pour le sarvice du roi.

Nos pores, si lontemps farmés, vont enfin se rouvri pour pumpé les tresors des Amériques en troque de nos sueurs. Nous ne voirons plus les corcenaires venir pêché nos vesseaux à la ligne avè de clavaux d'Angletère.

La conscrition capitalique et sanguinaire, les droits runis, ce t'impot vessicatoire que nous obligeoit si souvent à boire de l'eau, vont donc z'aussi tumbé z'en bâve et ça sera bien fait.

Nous epreuvons encore un grand plaisi tramé de joie, c'est de voir gandayé de l'armana gregoirien ce saint Napolyon, qu'etait venu se mettre là z'au pater margré Guieu et qu'avait, arrimay, ayeu l'impartinence de menté à chevaux su la Notre-Dame d'Aouste.

Nous ont vu encore avé z'une satisfation supérieuse que vous rappelé au trône de France *Louis z'Avier disevuille*, ce gros borbonnais que va rengraissé la France; et puis, comme on dit, *grosses gens bonnes gens*. Nous vont voir aussi reveni les maitrises, les lechevins et le prevot des merchands, comme les autres fois; ça redonnera z'à la fabrique se n'ancienne esplandeur qu'elle avait z'en France et dans toutes les Uropes, et nous reviendrons à l'age d'eur, où nos grands mangions de radisses en place de pain et rien que de poulets, sous ce bon n'Henry quatre.

C'est dans ces sentiments que nous vous prions, Monsigneur, de recevoir notre adition au nouveau gouvarnement et à tous ses decrets passés, presents et àveni.

Deliberé en assemblé generâle, à Lyon, maison de Pilata, le 15 n'avril 1814.

Siné : Anathase TEMPIAS, Claude L'ACCOCA et Claude LESCALLETTE, anciens maitres gardes.

Pour copie qu'onforme à l'originaux,

Pathin TACQUE, secretaire.

ADRESSE

A L'EMPEREUR NAPOLYON

SU SON RETOUR (mars 1815).

ADRESSE

A L'EMPEREUR NAPOLYON

SU SON RETOUR (mars 1815).

———

L'onze mars 1815, lendemain de l'arrivée de l'empereur
Napolyon, dans notre ville, les maitres gardes des canus
qu'aviont siné l'adition à Messieu Taillerin-Patrigot, se
runissont à Pilatà pour se consurté su ce qui deviont faire,
car y z'aviont tous une venette abolique d'être compreu-
mis.

Un ancien prend la parole et dit :

Mes chers confrères, y ne faut pas nous epouvanté et
nous demarcouré su ce que nous ont fait et dit contre

Napolyon. Velà une affiche du maire, c'est du neuf; elle marpaille l'Empereur d'une magniere abominâble. En vela z'une de ce matin qui n'en dit de bien, may que tous ; je sais ben que c'est de boimerie ; ainsi fesons de même, on ne poura rian nous dire en fesant comme notre maire. Je su donc d'avis de li faire une adition su son retour, qu'est un coup pinopiné de bonheur pour la France. D'alieurs vous avez vu comme les Borbons ont fait bancanne à leurs promesses d'aboli les droits runis et la conscrition. Nous li ferons de z'escuses et tout sera fini.

Tout ie monde appuie l'emution et on se met a derigé cette nouvelle adition.

ADRESSE :

Les ouvriés en soie, taffetaquiers et satinaires de la ville de Lyon, à sa Majesté l'Empereur Napolyon Bonnapart, pour se n'arrivé à Lyon, l'onze mars 1815.

SIRE,

Après un deluge d'onze mois vous arrivé tout à l'esprès comme Noé. Votre canari vous avait porté , comme à lui, la buche d'olivier pour signe que c'te radée avait passé et que Dieu etait carme !

Tout comme à Noé, la cocarde de létarnel et du peuple vous à t'apparu z'au fiermamant, reluisante comme un chelu bien garni, et vous a t'accompagné z'a Lyon. Elle n'en fera manquablement autant jusqu'a Paris ou vous irez sans pied-failli avecque les bottes de sept lieues du petit poucet. L'elitre de nos sordats vous sarviront de peloton de fi et la bonne fée, que vous a fait escané de l'ile d'erbe, sera votre collagne.

Nous venons, en influence, comme à l'an **7**, au retour d'Egypete, salué z'encore une fois le deliberateur de la patrie, celui là qu'a rabillié tant de fi a la medée de la France, aleurs qu'elle etait en chair à pâté ; qu'a fait remoli les ponts, rembrayé Perrache, elargi les Etroits (1) et rhaussé les Façades (2) !

(1) C'est de cette époque que date, en effet, le projet d'élargir et de niveler le sentier qui conduisait de la Quarantaine à la Mulatière et qu'on appelait les *Etroits*. Les travaux avaient même été commencés.

(2) Il s'agit de la reconstruction des deux façades de la place Bellecour qui avaient été démolies pendant la révolution.

Ah! Cire, nous n'en finirions pas, si dans le bien n'aise et l'infusion de nos cœurs nous voulions debobiné z'a fond le roquet de vos bienfaits dont nous n'en consarverons une éternelle reconnaissence. Voui, vous êtes le père et le melieur borgeois de la fabrique du monde entier ; vous nous avez toujours tirés du gaillot de la misère, et cependant nous sont de z'ingrats parfides ; nous ont donné notre addition aleurs de votre échéance ; nous ont l'ayeu la lâcherie de renié notre bienfeteur. Mais nous nous en repandons bien sevèrement aujord'hui et nous ont l'espoir que vous nous la perdonnerez à l'esemple de Jésu que perdonni z'à Pierre se n'ingratitude, car comme Pierre i nous fallait voir et entendre encore une fois le coqueroco pour nous deséborgné de ce t'erreur impure. Helasse! nous l'ont bien roté avecque ces Russes et Autrechiens, tous ces peuples divers, dont y fallait se déclaveté la manchoire pour perlé comme eusse ; et, arrimay, ces clinquettes de z'Anglais que venont embandé notre scrance, nos organsins, les secrets de teinture noirgonin, nos mecaniques de Jacquart et de Ponson; de

maîtres nous equions devenus compagnons. Nos femmes
n'en gongonions bien deja entre les dents , mais elles n'o-
siont pas faire de piaille, car on n'etait sous le contrepoids
de z'avanglés devant qui on ne pouvait pas rien perlé ni
mêmement se branlé sans fremi d'etre incarcellé. Cependant çartain pilleraux s'egosillont de nous dire que sous
ce Govarnement monastique nous voirions que l'âge d'or
dûre. On devait demênué la selle , augmenté les lucra-
tions ; la conscrition et la gabelle deviont disparaître.
Enfin, i semblait, z'à leur piaille, qui allait pleuvre de
matefins et de bugnes; mais tout ça n'était qu'une pièce
de gandoise couleur changeant, ordie par ce gambye de
Taillerin-Patrigot, tramée par Château-Brigand, l'abbé
Montraqu et compagnie. Grâce à Guieu i n'ont pas eu le
temps de fini leur dargnière longueur. Vous n'êtes arrivé
z'apropos pour leur coupé la pièce devant le né, et, à
present que vous venez monté z'en France cellelà que
vous avez ordi dans votre ile, nous voirons encore une
fois relustré la fabrique et reveni le bonheur que nous
pidenseront bien, ce te fois, pour n'en biché longtemps.

Nous nous sont bien fait de mauvais sanque pendant les z'onze mois que ces barbons, les emigrants et vos trahisseurs, nous ont fait passé z'à cacabozon ; mais aujord'hui nous vont nous rehaussé su nos broches et nous montré dans toute l'hauteur de z'hommes capables.

Cire, le mequier de la France commençait à brandigollé su ses potences ; i vous etait consarvé de le desenculi et de remettre en branle comme i faut nos battants qu'alliont se moisi su les accocas, et de nous remettre en marches. Et si l'azard fesait que les merchands etrangers, jaloux de notre posperité, osions flamenté la guerre civique ou etrangère afin de trancané la France et de la devuidé d'opinion, vous trouveriez toujours en nous les plus bons z'orillons de votre banquete imperiale ; vous trouveriez encore ces sordats d'Arccole, Maringotte, Nosvit, Encone, la Moscouillarde et tant d'autres ; les plus grands sagrifices nous seront legés pour vous. Le pain d'amonition semblera de radisse et le bivaque un lit d'aigledon ou de bourre de soie.

Mais i ne faudrait pas rien non plus que votre oiseau,

perfois trop vigoret et contraçant, alla se mettre comme
ça souvent z'en courroux pour les conbas sans raison.
C'est pas l'embarras, nous pensons ben qu'une fois que
votre n'epouse, la Marion, vous aura joint, elle saura le
mettre en cage et endormi z'un peu se n'ardeur, et aleurs
dans le scin d'une paix hureuse, nous vous dirons avé
reconnaissance et sensibilité : Ciro ! grâsse à vous, le satinaire peut z'a present mangé tranquillement sa soupe à
l'ognon, et vous offre homage pour ça que vous avez fait
en sa faveur.

Siné : Anasthase TEMPIA , Claude L'ACCOGA et Claude
L'ESCALETTE.

Pour copie qu'onforme :

Pothin TACQUE, secrétaire.

10

ADRESSE
A LOUIS DIX-VUITTE

ADRESSE

A LOUIS DIX-VUITTE

SUR SA RENTRÉE AUX TUILERIES (*juillet* 1815).

—

Au mois de juilliet 1815, les maîtres-gardes canus de Lyon, avartis du retour de Louis dize-vuitte, à Paris, avant que paisonne le susse, se runirent segretement pour li faire une patition avec une grande adresse, pour s'escusé d'avoir viré comme de rouets à cannettes en fesant de z'additions à Taillerin-Patrigot et à Bonapart, comme tant d'autres et mêmement les ôtôrités qu'aviont

fait de paquets de sarments. D'alieur à tout péché mise-
ricorde.

Vela donc comme y parlirent :

ADRESSE

Les Ouvriers en soie de Lyon, à sa majesté Louis dize-
vuitte, roi de France, de Navarre et de Gan, d'où revenu
z'a Paris bordé d'émigrans, de Russes, Anglais, Prussiens
et Autrechiens, et cettera, et cettera.

Cire, parmettez à vos bons sujets les ouvriés en soie
de Lyon de vous facilité su votre retour que vient dessé-
ché les larmes et papifier la France.

Nos battants, muets depuis votre malheureux remuage,
vont z'encore reprendre la parole pour celebré votre re-
venance, car i z'auriont bien chômé longtemps sans la
valeure intrinseche de mileur Vilaingeton et du general
Buclé que vous ont ramené à Paris par la grâce de Guieu.

Nous n'en feron un vœu à notre dame de Forvière
quoicqu'on l'oye dit Bonapartisse. C'est de mauvaises
langues qu'on dit ça, car c'est portant elle qu'a t'operé ce

miràcle en reconnaissance des neuvaines que nous l'i ont fait à pied et de chaussés (1). Voui, c'est par sa vartu que ce Bonapart a t'eté regandayé et obligé de vous rendre votre banquette royale dont i vous avait fait quinquaille le vingt mar.

C'est bien z'hureux qui l'oye bouzillé comme ça la première façure de ce te pièce, car pour la fini nous aurions bien été obligés de sagrifié encore inutilement nos vi et nos bourses, et puis combien long-temps aurions-nous, arimay, mangé de sucre de pastonnades et ces soupes à la Ramfort qu'on fesait avec de z'osses ramassés dans la bassouille.

Ah ! si vous saviez ce que nous ont souffrit, quand vous etié cheu les Beiges ; sans travaille, obligés de faire de redoutes pour rien, et mêmement voir depillandré au sumetière la viande morte de nos grands pour fini les fornifications. Tenez, — rien que de n'en perlé ça fait poulaillé le corps.

(1) Beaucoup de royalistes avaient fait des neuvaines à l'église de N.-D. de Fourvières où ils montaient pieds nus.

Cire, ça etait bien temps que vous vous appesiez su la bascule du mequier de l'etat, car elle allait tout de brezingue et nous equions su li point d'etre ablagés de tous cotés par l'entetation de ces z'hargneux de federés que voulionl apsolument se chapotté et teni pied aux boules ; mais votre voix devant les villes de France a t'eté comme la trumpette de Josué devant z'Aricot : elle a fait tumbé z'en bàve les batillons et les redoutes de l'usurpeur, et ses sordats se sont escanés comme de barbis egarées reconnaissant z'en vous leur barger fidele contre qui y z'aviont bêlé mal injustement.

Mais nous pensons que dans votre clemence royale et paternelle, vous voudrez bien couvri nos erreurs d'un panaire perdonnant ; de cette magniére vous runirez nos deux parties en une bonne et valable que fera tout se n'effort à seule fin de vous reformer de sujets fideles.

D'alieurs que de grâsses ne vous devons nous pas pour avoir de fàché ces Russes et Autrechiens, et nous avoir procuré encore une fois leur infection, de magniére que si ça durait nous ne pourrions plus nous raquitté de ça que nous vous devrons.

C'est dans de bons auspices que nous vont joui de cette châtre conditionnelle et tramée de sagesse que vous nous avé t'apporté toute vargetée et pincetée, et que vous avé otroyé dans votre seance du quatre vieux juin, an quatorze, en presence et au mcieu de vos grands corps, au pied de Guieu et à la barbe de l'univers. Ça sera pour nous un ungant reparatoire de nos maux et un diaparme que va t'attiré le peu de postume Bonapartisse que nous ont dans notre corps.

Mais voyé, Cire, vous êtes trop bon enfant. Nous ont à Lyon de genfiches que vous vont embuimé et que n'ont rien fait pour vous que d'irluminé et secoué leurs pilliandres devant la princesse. Ces gens là n'ont que la piaille, ce n'est pas ça qui vous faut ; y z'ont le sang trop fin et delicat. I vous faut de gens bons comme nous autres, capables de mettre la main pertout et qu'avons le sang commun.

Acceptez, Cire, les sentiments de reconnaissance et de fidelité avec quoi nous sont vos bons et fideles sujets. Les ouvriers en soie de Lyon, siné, etc., etc., etc.

PÉTITION
DES CHIENS BIEN PENSANT.
(1819).

PÉTITION

DES CHIENS BIEN PENSANT.

(1819).

—

Les chiens bien pensant à M. Defargue, maire de Lyon.

Messieu le Compte,

Dans le moment de relaime poletique où se treuve la France, nous ne pouvons concevoir pourquoi nous sons traité avé tant de durcissure.

Depuis six mois, voilà deux fois que vous nous envoyé à l'ecôle où l'on ne peut pas tant seulement nous apprendre le bé à ba, ni mêmement à lire vos ordonnances de chien. Ce l'ecole est un veritable tribunal d'inquisitation, une cour prevotâble à notre n'egard, où plusieurs de nos frères ont epreuvé le dargnier suplice et oùs qu'on les a definis d'une magnière ignominieuse.

Depuis six mois vous avé rendu deux arrêtes injustes. D'abord vous nous avé condamné au suplice du collier, ensuite à celuilà de la quarantaine, enfin à la peine de la corde et tout ça est incontraire à l'esprit de la châtre et à la libarté individueusse.

Par ezemple, nous autres chiens de royalistes, nous aurions dû être esempté de ce te loi, car aleurs des deux restaurations nous ont bien jappé de joie devant les alliés et guigné la queue et les oreilles à leur arrivé.

Comme nous avons l'habitude de prendre l'air vous avé toleré nôtre sortie, mais pourvu, manquablement, que nous soyons attachés. Aleurs ça a fait que nos maitres semblont de borgnes des deux yeux que nous menons.

Nous n'ont jamais proferé un cri seduticux.

Les marchands de melettes ne pourront plus péyé leur n'impot si ce te rigueur dure encore longtemps. Et vous, qu'avé de religion, vous avé mis à nos trousses de parpaillots de décroteurs que n'ont pas voulu se confessé quand vous leur avé ordonné. I nous semble que vous aurié bien pu nous laissé en repos. Là, dans votre place et d'après tout ça que s'est passé, vous devrié bien avoir d'autre chien à foiter. D'abord quand vous n'in ferié bien egosillé quelque centaines des nôtres, ça ne fera pas deminué le pain, car nous sommes comme ces Autrechiens, vos amis, que ne mangent quasi que de viande et pas guerre de pain.

Nous pensons donc que vous entendré notre jappement et que vous agiré envars nous comme un bon père de famille, avec quoi nous ont l'honneur de vous salué.

Siné à Lyon, l'an 1819.

BARBET, LABRY, CANICHE et CARLIN, representants de la famille.

ADRESSE

DES CANUS, SU LE PETARD DES TUILERIES

ADRESSE

DES CANUS DE LYON AU ROI DIZE-VUITTE

A RAPPORT A SON PETARD DES TUILERIES

(1821).

—

Sire,

Les canus de Lyon, justement z'affequetés de l'attenta-
tion du 27 janvier et du coup qu'on voulait vous porté
par dargnié en forme de z'etrennes, z'ont l'honneur de
vous presenté leur z'humbles falicitations de ce que vous
n'ete cchappé à ce t'horrible complotte contre votre vi
et ceux là de l'auguste famille barbonnaise.

Le: ·ualhereux zordisseurs de ce te pièce ont manqué leur coup qu'a t'été n'heureusement detorné par la main invoyable du père rabat-joie tout puissant, que veille sans cesse avé son chelu z'eternel à la conservation de votre dinastique et ses droits imparceptibles.

Qu'aurait ti dit ce petit Berry, arrivé en nage de maturité si i l'avait vu, comme ça, que la mort vous oye reniflé d'une magnière aussi tarrible et berbare.

Aprepos de ce petit Berrichon, ah ! que nous ont t'ayeu de plaisi en voyant veni z'au monde ce nouveau nez mâle, en depit de ceux là que voulions une fille pour destruire la race des Borbonnais qu'est revenue pour les biens du peuple, et nous nous estimons n'hureux que notre confrère et compatriote SUCHET, duque d'Arbufera, oye assisté avec un garde nationau à l'accouchement de la duchesse et empogné le boyau fisical que sortait comme un bout de cannette à travers l'agnolet.

Ah ! voui, que c'est z'un grand bonheur pour la France que ces deux temoins et le serugien devoué oyont vu et tenu le boyau, car sans ce boyau les ennemis de la dinastique auriont dit que le petit Berry etait z'une fille.

Cire, compté su notre devouament pour resseré les nœuds de l'attachement general. Tout le monde sait qu'on vous porte quand vous allé faire votre emotion à la tribune, coiffé de la bugne royàle.

O Cire, ópposé à tous ces petards evalutionnaires votre petard legitime. Montré le en beau-devant à toute la France, et à se n'apparition tous les faquetieux vont gringotté d'éfroid, et, comme le Guieu des rois, veillé au grain. Votre gros petard vous garantira toujours de là màle veillance et, grâsse à lui, nous ont l'espoir que vous vivré mai long tems encore que Mathieu Salé pour le bonheur de la France.

Nous profiterons de ce t'occasion pour vous dire de vouloir bien mettre à bas ces capitations su les mequiers, et les contributions in liscrettes sur nos huilles que votre Ministre des finances, et tous ses collagnes, nous ont flanqué. Ne metté pas rien votre selle à ce te loi, car elle galoperait bien vite et elle irait trop loin.

Ceux là que vous ont eventé tout ça n'ont manquablement point de mequiers et n'usont point d'huille. I n'y risquont rien ; mais nous autres, pauvres malhereux ouvriers , nous serons obligés de vendre nos mequiers que ne font rien pour nous chauffer ce t'hiver et dans ce moment que le charbon est bien cher , y a tant de pauvres qu'on froid, surtout ceux là que n'ont pas encore de poile.

Et puis , à l'egard des huilles y en n'arrivera que nos chelus borgnasseront, ce que nous fera faire de bousillages et, arrimay, nos longueurs resteront la pendus sans pouvoir rentré su le devant; nos mequiers se croiseront les bras depuis le Gorguillon jusqu'aux Pierres-Plantées. D'alicur   près toutes les impanissures que nous ont essuyé, vous ne souffririé pas qu'on n'oye encore l'impartinance de nous faire de taches d'huille que toutes les grayes de Briançon aurion bien de peine à pouvoir levé.

Cire , ballayé, croyé nous , les equevilles de ce te chambre garnie de mauvais garniments, que vous font faire de lois incontraires au bonheur des ouvriés. Tout ça, voyé vous, mécanise le peuple et si ça dure un peu may, vous pourié bientôt rendre votre royaume aux abois.

C'est dans ce n'espoir que nous vous prions, Cire, de recevoir nos respettables saluations.

Le deux fevrier 1821, jour de la Chandeleuse.

Siné POINTIZELLE, TAQUE et PONTIAUX, delegués de la fabrique de Lyon.

LETTRE

AU SARGENT MERCIER

LETTRE

DE FELICITATION A MESSIEU MERCIER.

Les ouvriés en soie de Lyon, à M. Mercier, sargent de la garde nationale de Paris, si connu pour son patriotisme et ses passementeries , tissutier et rubannier dans la capitâle.

Messieur z'et chair confrère :

Nous ont lit dans les journaux, aux cabinets iliteraires, z'une epoque de votre patriotisme que nous a fait un canan plaisi.

Alcurs que le president de la chambre des disputés a
voulu vous faire arrêté notre demandataire fidele et digne
soutien de la liberté, Manuel !

Vous avé jingué de la tête du coté de nâni ; votre sub-
division, veritablement française, a compris le telegraphe
et n'a pas voulu z'empoigné et violenté un homme invio-
lable. Les demis bourreaux sont venus, oyant z'en tête un
conte legitime, qu'a t'ordonné l'empognement. Comme le
demandataire demandait toujours qu'on nous fasse dé-
chargé de çartains impots vessicatoires que le Condartois
avait promis z'en venant avec ses braves alliés, les Russes
et Autrechiens ;

Comme y voulait l'ecole mutuelle et que nous soyons
egaux par devant la loi ; comme y voulait que nous pus-
sions faire lire à la chambre de petitions respetueuses sus
nos besoins, sus les attes si souvent arbitraires des autorités constipués;

En refusant z'une obeissance passible, vous avez montré z'un cœur français à toute errcinte.

Nous autre ouvrié en soie et satinaires de Lyon , que

sommes allies d'industrie avé les passementiers (car i leur faut comme nous de navettes, de z'espolins, de battants ; i se servont quasiment de mêmes armures, et que nous battons souvent les mêmes marches), votre conduite nous a gonflés d'un noble n'orgueil et nous nous facilitons d'avoir un confrère aussi farme, que sera z'admiré dans toutes les Uropes !

Escusé si nous ont été en retard des braves mâchurés de Saint-Etienne que vous ont fait un fusi d'honneur. Eh bien, pour vous preuvé que nous prenons notre grosse part de la gloire que va vous ablagé dans cette circonstance, et de votre assion nationâle, nous vont vous décarné z'un n'espolin d'honneur, que vous consarverez à vos darnieres neveuses.

Chair confrère, à present que les Angolas et les Epagneux sont su le point de se grafiné et s'empogné, i n'en peut surveni de z'Autrechiens pour se mêler de nos affaires et soutoni les Angolas. Nous sont donc bien n'aise de connaître, par votre canal, les sentimens des gardes nationaux de la maitrépaule de France, avé qui nous runirons nos efforts ; et nous pensons que comme ça runis, notre valeur intrinseche les fera tumbé z'en bâve, car, à les deux restaurements de la monarchie conditionnelle et legitime, au moment où ces Russes et Autrechiens s'approchiont de nos mequiers, nos bargeois n'osiont pas s'avancé de peur d'etre empognés et nos femmes n'osiont pas s'escarté de peur que z'entrissions. Ça nous a ben tant causé de z'emutions que nous aimerions mieux nous chappoté jusqu'à la meurt plutôt que de revoir ces gonnes que puent comme de bouquins avé leurs bottes remplis de pattes et que sentiont l'huile de clielu. Nous pensons que nous nous secouriront avé reciprocation si les ennemis veniont pour faire une evasion.

En attendant nous vous prions d'accepté nos assurances de confraternité et concitoyenneté nationale.

Suivent les sinatures , mais nous les lessons en blanc à cause de la clemence patarnelle dont nous ont vu tant de z'esemples.

ADRESSE

SU LA GUERRE D'ESPAGNE.

ADRESSE

DES OUVRIÉS EN SOIE DE LYON A SA MAJESTÉ DIZE-VUITTE

PAR RAPPORT A LA GUERRE CONTRE LES EPAGNEUX,

(1823).

—

Cire, grâsse ! Cire, grâsse pour la châte Epagneule.

Nos merchands nous ont recommandé de suplié votre Majesté de ne pas faire la guerre à l'Espagne ; i nous ont dit que c'etait bien margré vous que vous tirassiez l'épée contre ce pays où se vend tant de nos merchandises. Et puis, vous pensé bien que nos mequiers, que chôment déjà depuis long-tems, finiront bien par ne rien faire du tout si ce debouchement nous est bouché.

D'alieurs qu'irriont t'y faire nos sordats? bati de cha-
teaux dans ce pays, pour souteni c't'armée de la foi re-
connue pour une bande de z'assassineurs, car c'est de veritables chouanches, comme ceux là de la Vandée, que
ne font que de mal à leur pays, dedans tous les temps
de guerre civique presents, passés et avenis, mêmement
egosilier leurs freres avec ce te Charrette que les menalt
sous la republique. I bisquent z'encore à present de ne
pouvoir continuer leur z'essendies.

Cire, ce te châte est maline, voyez vous ; si vous la
contracé trop elle pourrait bien se revangé, vous graffiné
et puis y a là ce Minet que vient la soussteni et qu'est
encor un gonne que mord et graffine pas mal. Ressou-
venez vous donc que ces Epagneux se sont chapolés sept
cent z'ans contre les Morts et ont fini par les gandayé et
les entarré. Nous savons bien que vous allé nous dire que
nos sordats sont bien may vigorets que les Morts et ne
les craindrions pas guère quoiqu'y z'oyons les doigts bien
durs.

Ecouté! vous êtes bien tranquille su votre banquette,

restez-y. Si la trâme de votre cousin Fierdinand est embrouillée, et si i l'a bouzillé sa pièce et saigné de fis, laissé le la desembrouillé et rabillé ses fis. N'ecoutez pas les mauvais conseilleurs, car i ne sont pas les payeurs. Quand le moment arrive, pensez-y, gnobles, contes, bâsronds, dûques et marquis, gens de la marque, tous ces mondes voudriont toujours qu'on se chapotte pour eusse, sans qui s'exposissiont à rien du tout. Vous devé bien vous ressouveni comme i z'ont laché le Cond'artois à Lyon et duque d'Orlian, aleurs qui z'avions repoussé l'u- surpeur de Bourgoin à Lyon, d'ou le Cond'artois s'est escanné tout seul entre quatre z'envoyés de marichaussé. Et puis, n'ont t'y pas trahi Napolyon, que les avait rap- pelés ; et bien qui z'y prennent garde, ces ratpellés, la châte les appinche.

Ah ! Cire ! auriez vous bien l'âme assez defigurable de vouloi ravi z'aux cortèsses et gorgandé leur taba d'Espa- gne, pour faire reniflé le mieux bon seulement z'au roi. Ah ! ça serait bien mal injuste et çartainement notre dame de Forvière (que vous a toujours protectionné) vous don-

nerait sa mâlediction si vous allié chaplé la pièce du peuple
epagneux. Elle les raime ces gens là... par raport qui
z'ont bien de dévotion pour ses cousines, car i gn'en a
de ces cousines Forvières dans toutes les maisons et su
les routes. Faites y bien attention ! on dit que ce pays
est une ratière, et surtout depuis que la châte y a t'été
retabli. Elle garde la ratière et agriffe les rats avant
même qui z'oyons pu biché le troque de lard.

Vous savé bien, mêmement, comme dans le tems des
autres fois nos sordats i ont été rangés quand i z'etions
conduits par ce grand Condé français dans ce te guerre
de sussession, dont nous n'ons rien ayeu pour heritage,
pas tant seulement une tirelle. C'était cependant un
garrié fenisque, que ce Condé français.

Et puis après, les sordats de l'usurpeur qu'etiont bien
aussi d'autres crânes, n'y ont rien pu faire que de petards
dans de gaillots. Si vous avé l'intention de déclarer ce te
guerre i n'en arrivera de z'evolutions pertout et puis encore de petards, et d'escrime de l'aise-majesté. Ne vous
z'azardé pas, comme ça, à vouloir prendre, margré les

Pirenés du pâys, ce taba d'Espagne que vous ferait etar-
nué à vous rompre et puis vous dirié : ah qué taba !
mais ça serait plus temps, et, nous, nous serions obligé
de chanté encore long-tems parce que nos merchands
mettrions z'a bas et ferions le pied-failli.

Vous nous donneré pour raisonnement que vous etes
forcé, obligé de sousté votre cousin Fierdinand. Mais de
quoi se plaint t'y ? N'est t'i pas, comme vous, roi condi-
tionnel ? D'aliceurs nous ont vu su vos jornaux de cheque
jour, qu'il a dit aux cortesses qu'il etait content comme
ça et qu'il fallait estarminé l'armé de la foi et le curé
Merinos.

Tout le monde dit que c'est l'autrecrate de ce te Russie
et les Autrechiens que vous cognent pour faire la guerre,
vous promettant, z'en recompense, de dégagé les termes
de la châte qui s'oppose à votre volonté et de nous teni
dans le respet, comme si nous y avions manqué querques
fois. Mais n'oyez pas de fiance dans ces gens là car i sont,
comme les aigles de leurs armoireri, à deux visages. I
voudriont egosillé la châte epagneule, et la remplacé par

12

leurs gouvarnements empiriques et dissolus. Les Autrechiens que croyent avoir'encore de droits anciens sur le
taba d'Espagne, pensent qui pouriont tenté les castillans'
en leur promettant d'établi cheux eux l'ordre teton-nique.
Ça ne serait pas rien à delessé ce t'ordre teton-nique,
mais les epagneux savent bien que c'est pour les gandiné
et qui n'en auriont par tant seulement un papillon. Et
puis, n'ont t'i pas vu, arrimay, comme on a t'arrangé les
petits de leur châte qu'elle avait envoyé à Naples et à.
Turin et que le congrès des z'hautes puissances a fait
estringolé.

Ainsi, Cire, fondé votre royaume sur les constitutions
populeuses et laissé les autres s'embringué jusqu'au cou ;
Lyon et nous vous en auront toutes sortes de z'obliga-
tions. C'est dans ce t'attente que nous sommes vos fidèles
sujets.

Siné, etc., etc., etc.

Pathin Tacque, secrétaire.

ADRESSE

A SA MAJESTÉ LOUIS FÉLIPPE.

ADRESSE

A SA MAJESTÉ LOUIS FÉLIPPE.

(1830).

—

Les Ouvriers en soie de Lyon au roi des Français.

CETOÏEN ROI,

La ville de Lyon ne pouvait pas resté en argnié z'auprès de vous. Elle a vu avé plaisi monté su la banquette du mequier de la France, un roi cetoïen et ce te fois un roi veritablement de sa fabrique, car tous les autres qu'etions venu avant vous, aviont été fabriqué par la trâme etrangère avé la chaine de l'esclavitude. Vos parents : *Louis dize-vuitte*, *le Condartois*, *le duque d'Angôlême*, nous aviont été ramenés par les ennemis de la fabrique. Aussi comme i z'aviont deponselé nos mequiers, y aviont mis de z'impositions indiscrètes jusque mêmement su nos huiles, de magnière que nos chelus ne fesions que borgnassé. Nous étions tumbés dans une oscurité perfonde et nous ne marchions plus qu'à borgnon comme de veritables loups de poivre. Mais, aujord'hui que nous sont arrivés à ce t'heureux siècle des quinquets et des lampions, nous pensons que vous employeré beaucoup la gaze ; ça nous fera travayé encore un petit brin, et puis nous y voirons plus clair.

Quand nous pensons à ces pillieraux de Borbonnais que nous aviont forcé d'aboré la cocarde blême et l'horriflàme ! A ces medecins politiques que fesions de z'ordonnances pour nous escofier ! mais pendant les quinze ans de leur règne insestueux y violions chèque jour la châte qu'etait leur propre fille naturelle.

Pendant ces quinze ans, disons-ju, la France couvait le cacou de la liberté qu'a t'epié au mois de jeuliet. Ce beau

Poulet des Gaules, dont le quiqueriqui a redondé cheux toutes les nations.

Ah, n'allez pas rien les imité, ces vilains Borbonnais, et rappelé vous que quand les peuples sont lâs d'être mecanisés et ablagés y finissent par secoué la joue des rois. I ne faut plus, non plus, nous reparlé de ces droits imparceptibles des souverains que nous ne pouvons plu voir.

Vous auré bien soin de choisi de bon ministres, que ne fassions pas, comme ce vil-aile et compani, de lois de sang su la presse (car c'est aussi le bon tems que celui là de la presse). Et, arrimay, ce te loi du droit d'anesse qu'etait encore bien mal injuste, puisque le promié nez devait reniflé tout le taba de la famille. Nous n'en n'aurons donc la liberalité de la presse, de z'errections nationales et populeuses, et gn'y aura plus de gâpians que brâssiont nos femmes pour voir si gn'a de camctotte et nous fesiont payé l'entrée memement de la piquette par raport que les merchands et les gros n'en buvont point.

Vous soutiendré notre jeune chàte que va faire manquablement de jolis petits minons dont vous seré parrain
et la France marraine. Vous ne charcheré pas à l'egosillié
comme fesions les autres à l'egard de celle là de Saint-
Oing, car vous savé comme elle fit senti ses z'arpions au
mois de jeuliet à ce grand Condartois et compani, de magnière que les Borbonnais et la Borbonnaise ont fait leur
paquet pour s'en allé à Rambouï et ou Charles-disse parut
pour ne plus reparaître. D'alieurs i ne pouviont plus teni
seurtout depuis que le sire d'Espagne avait destruit la loi
sallé, car, sans la sallaison, les Borbonnais ne peuvent pas
se consarvé. Et puis, soyé tranquille, les sires d'Espagne
fondront bien aussi à leur tour.

Vous avé un n'ennemi tarrible, barbare et dangereux,
ce dosfin d'Angolème, zero de la Drôme et d'Andujor,
qu'a l'été vaincœur jusqu'aux colonnes qui reculent ; qu'e-
tait z'allé avé l'armé de la foi pour saigné la chàte epagneule, aidé par les peureux chevayés de France, de
Piemont et d'Espagne, qu'ont tous été representés en
peinture à notre musé de Saint-Pierre. Ce grand capitaine

a fait de traits de vayance, comme on en voit tant dans les farces de l'histoire. A propos d'histoire, on dit que la Dosfouine va montré sa vieille Histoire de France revue et corrigée, aux pot-tentats de toutes les Uropes, que selon les royalisses ne craignont pas concurance.

Faites bien attention de ne pas trop privilegié les parties nobles, ces anciens saigneurs du peuple, que ne sont bons à rien que pour rien faire et prendre nos milleliards. Et puis, rappelé vous bien que les tems et les gens sont changeans. Vous avé vu, arrimay, c'te z'éroïe d'Angolême, à l'aureure de sa jeunesse, faire levé z'en masse les chouances de la Vandée. Elle croyait toujours russi de même, et cependant vous avé vu, au mois de jeuliet, elle et ses vieilles contesses que s'etiont mis en beau devant, comme elles ont fait debandé la garde royale et les suisses z'au moment d'allé z'au combas. Arregardé donc la difference !

Cetoïen roi, appuié vous su les ouvriers de toutes les fabriques et su ce vieux grognard des revolutions, ce brave Lafayette, et aleurs, bien sûr, vous ne tumberez

pas. Gloirifié vous du titre de promié cctoïen de France ;
n'cmbitionné pas cc nom de majesté que ne fait souvent
que de mauvais sujets.

A prepos, notre mucipalité à t'employé un pauvre
Terme pour nous annoncé que vous voudrié consarvé les
Bardannes dans vos armoireries, et nous preuvé qu'elles
vous apparliniont (1). Vous savé portant que le peuple a
cramayé les Bardannes et les Bardannières. I ne faut plus
qu'on n'en voie, car c'etait avec les Bardannes qu'on
suçait notre bon sang. Et puis n'oyé pas peur des Russes,
Aulrechiens et des rois istocrates ; tous ces hommes divers, nous les cborgncrons dans leurs propres boutiques
à coups de revolutions. N'oyé pas peur, non plus, de ces
pauvres fromages d'Hollande, car, pour peu qui nous rechagniont, nous les aurons bientôt repoqués et fiché su
leurs Prussiens.

Ah ça, cetoïen roi, vous nous avé bien premis que

(1) Les Lyonnais ayant effacé des fleurs de lis, M. Terme, alors
adjoint au maire, fit efficher qu'on eût à respecter les fleurs de lis
qui sont les armes de la maison d'Orléans.

notre nouvelle châte ne serait plus un gandin ; nous y
avons confiance comme vous pouvé l'avoir en nous.

Nos compliments à la cetoïenne Felippe.

Suivent les sinatures.

RESSIT DES AMOURS

DE JIROME ROQUET.

RESSIT DES AMOURS

ET DES CALAMITANCES DE JIROME ROQUET

ET DE JOSETTE BARNADINE

—

O vous, satinaires et tafetaquiers, dont le cœur sensible se gigaude à l'approche d'une jolie compagnone ou d'un autre n'objet z'adorable ; vous dont l'allumette du cœur est si souffrée , que la moindre beluc qui s'escanne du foyer d'une fille l'allume et procure dans votre n'intericur une flâme petyante que, du commencement, est du feu de joie et que, plus tard, devient le feu de l'enfer et, par consequent, cetuila de la meurt !

Vous, dis-je, dont l'âme vigorette charche toujours pour pertagé et meurtiplié se n'ardeur, une drôle compagnone que doit faire votre bonheur ; tant que vous la possedé vous en êtes n'hureux, mais quand la mort, ce t'escerable mort, vient vous la reniflé velà que vous tumbé dans un nantissement que vous depontelle des quatre coins et vous vous abouzé comme la baraque d'un marronié que les galopins on attaché z'a un carosse que passe.

Et bien apprené de moi, apprené par mes propres malheurs, à evité les chagrins doulcreux que cause les vartigoleries de l'amour.

J'etais n'apprenti cheux le père Bigalet, tafetaquier, rue de Bourdy, en bas du Gorguillon. Sa fille, Josette Barnadine, travaillait a coté de moi ; elle m'avait montré dabord ça que fallait faire su mon mequier de pelures d'ognon à cinq marches et battant à clinquette, et, pour recompense, je li fesais souvent de cannettes quand elle en chômait. Je li remondais querquefois sa longueur sans saigné de fi.

Velà qu'on nous rendant de sarvices mutuele, petit z'à

petit, je sentis un feu qui me delavorait depuis la râtelle jusqu'aux clapottons. Plus je l'arregardais plus ça chauffait. J'en parla z'au compagnon ; i me dit : petit, t'esse amoureux ; et bien i ne faut rien faire à cachon ; i faut le dire au père Bigalet — Ma tumudité ne me parmet pas — J'i dirai moi — Non, te bousillerais l'ouvrage.

Velà que le lendemain je tumbe malade d'une fièvre mussqueuse ; je resti huit jours couché à grabotton. Messieu Pignatel, medecin au raport, après m'avoir parpé dit : L'amour l'a t'orrapé, ce t'enfant, i faut l'i faire avoué.

J'entendis bien, mais, moi, pas le mot.

Père Bigalet vint à mon chevessié, me fit de quessquions et je li avoui que c'etait les agnolets de la Barnadine qu'avions estiqué dans me n'âme. Le père me dit : — Lève toi. Je me metti à cacabozon su mon coussin : alcurs i me perla ainsi : — N'en ayant ayeu de doutance, j'ai quessquionné Barnadine. I n'en est resçurté que son cœur a reçu du tien une zogne amoureuse. — C'est ti bien vrai, père Bigalet? — Si vrai qu'elle va te l'affiermé.

Le plaisi que j'epreuve fait parti l'arquet de ma sensubilité et je bâve de joie. Barnadine monte su ma seurpente ; le père s'en va. Elle me reproche de ne li avoir pas plutôt déposé dans son questin la cannette de me n'amour ; de m'être pas deboutonné tout en plein ; elle me coque, me recoque, ça me fesit may de bien qu'un gobeau de mortavie, et ça me remit su les marches.

Après querque temps que le père me crut en même de bien monté le mequier, i me dit : Nous vont vous marié : ma fille est bien encore mincuse, mais nous la manciperons. Et puis arriva la mi-carême, où nous nous mariames à la Tarnité.

Le père nous abandonna checun à notre mequier ; nous commencirons par la tirelle, comme de juste, et je ne pourrais pas rien dire combien nous fesions dans le commencement de fassures par jour, tant nous avancions à l'ouvrage. C'était un espetacle chermant de voir marché notre boutique. Le bruit des battans, des marches, des contre poids ; le sifflage des navettes, le roulement des rouets et des ordissoirs, le babillage des compagnons, des

compagnones et des apprentis ; le gongonage de la mère
Bigalet, tout ça fesiont une musique agriable.

Nous etions n'heureux ; mais velà que deux ans après,
un jour de mardi gras, nous avions evité le père et le
compagnon a mangé de matefins tramés de bugnes.
Barnadine les fesait avé de vieux join et un lichet pour
l'econommé. Y avait aussi de z'arrans et de fiagcoles. Ah !
ces maudites fiagcoles, la Barnadine n'en mangeait comme
une goluse, margré ce que je li disais. Velà que, sans
rien dire, se treuvant mal, elle veut aller aux z'écommuns
qu'étiont en d'yhors. Y avait fait le relème, ce jour là,
les escayers de bois étiont mouillés et pleins de bassouille,
elle glisse et baroule jusqu'au quatrième. Nous courrons;
le compagnon, fort comme un recule, la prend et la
monte su le lit. Elle ne parlait plus. Le compagnon tumbe
su son contrepoids de darguié en disant : Je me sens de-
claveté l'échine. Je laisse le père sogné le compagnon et
je sogne me n'epouse. Je li donne d'alexis de longue vi,
elle rote de fiagcoles et se parpe le cropion. On va charché
messieu Pignatel que l'avait deja tiré deux fois de maladie.

I l'arregarde, la parpe de toute sa longueur, l'appelle, pas le mot. I visite le cropion qu'elle tenait toujours dans sa main, et i nous dit :—Vous autres, fermez donc la liquerne, i vient z'un air chanin que l'y gèle le cotivet.

Ah! malhereuse, disit t'y, je t'ai deja tiré deux fois, mais je crois que c'est fini. — Ah! Messieu , qu'a t'elle donc? — Elle a t'une indigexion et un calut z'à l'anus. Tout le monde s'esclame : Un calut !...... Faites vite un bouillon de chavasse, dit M. Pignatel ; donné li et metté l'herbe su le cropion avé de tormentine et d'arquebuse. Je viendray demain.

Nous font tout ça qui l'a dit , et pendant la nuit elle etait dans les convursions. Les yeux li virrions comme de fiardes ; les bras tordions comme de riôtes. Ah! esclame-ju dans mon desespoir : elle tient sa dargnière cannette, c'est fini. Le père tâche de me remettre sur mes orillons; le compagnon aussi. Messieu Pignatel arrive, la torne, la retorne et se retorne var nous les yeux gonfles, car i l'aimait: Mes enfans, i faut vous armé de la cheville du courage; sa façure est au bout et tirée su le rouleau; le chien tient la dargnière dent du torniquet ; les roquets de la mort se debobinent, elle fait z'une aûtre tirelle et va coupé entre le remisse. Le bargeois d'en n'haut va bientôt recevoir ce coupon, car elle n'etait pas à quart de sa pièce de vi ; ecouté..... elle ne rotte plus que par monosillabe.

Tout à coup elle se mit à roté, roté, roté, et rotit bien tânt qu'elle rotit l'âme. Nous la firons entarré à la Madelaine, comme elle l'avait demandé. Fallait voir ce convoi funeraire et les preuves d'amiquié de toute la fabrique. Su sa châsse, on avait mis une navette, un peigne de cinquante portées et vingt cannettes de soie noir pour marquer qu'on etait en deuil et qu'elle avait vingt ans à l'ami mars.

Les maîtres gardes autour du corps, les maîtres ouvriés à la suite. Les compagnons et les cannequiers portiont de battans et dé lisserons cassés, de peignes de tirrelle tout embrouillés, symboles du chagrin et de l'ennui.

Moi j'etais à la queue, et quand elle fut depesé dans le trancanoir des morts, une aune au dessous des marches du metier, j'intardis le silence et je dis, — mes chelus tout en n'huilés de larmes : Adieu, ma chaire Barnadine, pauvre petit mequier tout neufe, garni de si jolis z'harnais que n'avions quasiment pas sarvi, rapelle toi ton Jirôme. Se n'adresse a siflé son bout a travers l'agnolet; ses jôlies cannettes rebombées et jamais chauyées, sa longueur toujours bien remondée, sa patience a degagé les tenus, les arbalètes et a tiré les bourillons de la façure.

Va : nous nous retrouverons dans ce t'autre boutique; óye soin de tenir la tête à la luquerne pour m'y voir arrivé, car je ne crois pas usé un quintaux de trâme avant ce moment que je desire comme le compagnon desire une bonne pièce.

Adieu!..... *Roquesse Questine Passé.*

ORAISON FUNERAIRE

DE LA BARNADINE

ORAISON FUNERAIRE

DE LA BARNADINE

ET LAMENTATIONS DE JIROME ROQUET.

—

Vous voyé la confle de savon , que prend la couleur
gigier de pigeon , s'envolé d'un air orguyeux et semble
devoir grimpé pardessus la scurpente du fier-mamant;
mais tout d'un coup un estracle de mouchiron vient la
poché et la fait tumbé z'en bâve !...

Le chelu que rempli notre boutique de se n'eclatante
luissance semble aussi devoir duré long-tems. Eh bien !
le moindre flà d'un cannequier, la vortigeation d'une

arthe viennent l'eteindre et nous laissent dans une oscurité perfonde.

Cette confle et ce chelu font les veritables portraitures
de l'esistance humaine.

Comme la confle, au moment de perveni à etre hureux,
nous vont nous roqué contre le boutarou de la vie.

De même que ce chelu, c'est z'au moment où nous re-
luisons ie may, que nous nous eteindons et laissons
nos parens et amis dans et'oscurité que veut dire le chagrin, la tristesse et le regrettement.

Nous n'eprevons plus rien ; mais les objets de nos ami-
quiances restiont dans un torment, dans une languisserie
que leur fait epreuvé un demi quarteron de morts chèque
jour.

Eh bien! moi qui vous parle, je sus dans ce t'etat de
situation ; j'ai t'epreuvé toutes ces vississitudes, car j'ai
t'a regretté une epouse cherie que je r'aimay may que ma
parsonne.

Josette Barnadine, fille de Vincent Bigallet, m'avait
t'été donnée z'en mariage ; nous ons vivu deux ans dans

l'ugnion la plus pure et perfaite ; mais à peine au diné de ses jours, la mort me l'a t'embandé et m'a t'aveuvé sans piquié.

Ce coup tarrible m'a depontellé considerablement et m'a laissé une noircissure dans l'âme que je ne sais plus ce que je n'en deviens, un sarpent verineux me biche les pormons et, pour fini de m'ablagé, ronge mon mela-chon.

Le jour, je degringole le Gorguillon ; je m'en va à la Madelaine pour pleuré su sa sepurture ; mais queique fois un mur et une barrière impitrognable m'en interpre-tent l'entrée.

La nuit je me roule dans mon lit tantôt à grabotton, tantôt à bouchon, sans pouvoir quasi deurmi. — Je me rappelle une certaine fois que le someil laissit tumbé su mes clinquets sa bienfesante assupicence; je crus la voir en esquilette ; les sons de sa voix chapottèrent mes orëyes, et j'entendis ces mots : Viens, chair Jirôme, viens avé moi dans le paradis ; i a de tout ça qu'on veut à regonfle et i gn'a point de z'ennuis dans ce pays là. Va, quitte le peu d'ouvrage que te reste dans le monde, te n'en auras point de regrets quand nous serons runis.

Je vas pour la suivre, pour embrassé ce t'ombre enchanteuse, mais tout d'un coup une moye de fumé la fait escanné de ma vue ; aleurs, comme le pauvre loup de poivre, je charche me n'épouse, je tâtonne à borgnon, je m'egare dans un abirinthe où j'entends les réjouissances paradinales. J'arrive cependant à la porte du paradis, je veux y rentrer, mais ce bibon de saint Pierre me cogne un coup de son manillon de clefs su le nez. La douleur que j'en epreuve me reveille et je me trouve au milieu de ma boutique, le groin contre mon rouleau de dargnié que m'a cabossé le nez. Aleurs je m'apperçois que tout ça est à derire, et je retumbe dans les regrets et les pleurs...

Ah ! comment ne pas regretté une parfaiture semblable !... chermante épouse, bonne bargeoise, les compagnons l'aimiont ainsi que les compagnones qui la baisiont comme de pain.

Sa philosomie ressemblait au satin velouté rose tendre ; ses cheveux au noir lustré ; sa bouche, ses dents,

son pied, sa jambe, d'une rare beauté, sont considerablement escurtés dans mon cœur et ne s'en decamotteront
jamais. Enfin c'etait la plus jolie pièce que la nature et la
fabrique oyent jamais fourni.

On aurait bien couraté d'une epaule du monde à l'autre
sans treuvé sa semblable. Comme elle chantait à vêpres
et à complies ! et puis elle vous avait un creux, i fallait
voir ce creux ; ça etait suparbe.

Ah ! ma pauvre Barnadine, ma chère future passée, si
m'etait parmi, sans manqué à la religion, de m'arraché ce
bout de vi que je traine languissant et que tumbe cheque
jour en pillandre, comme tu me verrais bien vite faire un
hausse pied dans l'autre monde et tumbé à croix pile
dans tes bras.

Mais i n'en est destiné autrement. La mort, encore
plus tyranne pour moi, veut que je vive dans de z'agonies
continuelles et que je n'oye le bonheur de te revoir qu'a-
leurs que mes yeux seront farmés.

TESTAMENT

DE JIROME ROQUET

14

TESTAMENT

DE JIROME ROQUET

Taffetaquier aux Chazottes

—

Après une esistance de 47 ans accomplis au promié tharmidor que vient, pendant quoi je ne me su jamais escarté de la fabrique tant seulement d'un pas, j'ai vu ma pauvre femme s'escanné de la vie. Etant devenu meurte sans n'enfant, et moi, me voiant quasi à la dargnière fassure de ma vie, voulant que ma mère et ma sœur Bobine ne soyont pas en dispute pour ramassé me n'heritage, c'est porquoi j'affiche ici mes dargnières volontés.

· Promiercment, je demande perdon à Guieu des pechés

que j'ai fait tant par pensée, par parôle, que par action ou omission, et je li recommande autant que besoin, le sâlut de ma bonne âme une fois qu'elle aura quitté le logement que li fourni mon cheti cadabre.

N'ayant point de temoin que mes bois de mequier et autres utis de me n'art, qui etant de choses sans âme et sans vi, ne peuvent pas me n'en sarvi.

C'est par rapport à ça que je prends le bon Guieu seul pour temoin de ça que va suivre, voulant bien que tout ça soie ezecuté sitôt que le chelu de ma deplorable esistance, après avoir borgnassé longtems faute d'huile, aura fini par s'eteindre.

1° Dabord je donne et lègue à ma mère, pour les bons sarvices qu'elle m'a rendu et l'inducation qu'elle m'a donné, un mequié à son choix guerni de son remisse, ses rouleaux de devant et dargnié, sa banquete, deux battans, un plombé pour les 7 1/2 et l'autre à clinquette pour les pelures d'ognon ; aussi la moiquié des navettes, quiaux et autres menus utis de me n'etat, mon trancanoir et mon rouet à cannettes.

Plus su les z'ardes de defunte me n'epouse, (que Guieu mette son corps et se n'ame en lieu de bon repos), je donne et lègue à ma dite mère une chemise guernie et un jupon blanc.

2o Et ensuite je donne et lègue à Josette Bobine, ma jeune sœur unique, me n'autre mequié et le restant des gros et menus utis ; tous les chelus que sont dans ma boutique ; mon lit, mon linge et toût le restant des z'ardes de defunte me n'epouse, qu'elle ne prendra que par après que ma mère aura levé, en presence de temoins, son jupon et sa chemise sudite.

Le lègue fait à ma dite sœur Bobine est sous les conditions :

Uno : Qu'aleurs qu'elle sera en n'age de maturité, elle prendra pour mari Jirôme Agnolet, mon compagnon et me n'enique ami, que depuis may d'un an nourrit dans son cœur de sentimens de tendreur pour elle et que d'aleurs a querque chose devant lui.

Deuzio : A condition encore que ma dite sœur Josette Bobine mettra ses fonds dans la communauté et les join-

dra z'aux espargnes et avances de me n'ami Agnolet, ce
que les fera manquablement meurtiplié.

Troisio : Que le promié garçon que proviendra de leur
mariage s'appellera Jirôme comme son père et moi.

Quatrio : Qu'aulicur d'un drap i m'enscveliriont dans
quatre panaires cousus ensemble.

Cinquio : Qui m'entèreront au sumequière de la Madelaine, qu'est le lieu de repos du tiers etat et de ma defunte
epouse qu'est meurte.

Fait à Lyon, dans ma boutique, le premier messidor, an
onze de la République.

Jirôme ROQUET.

FIN

TABLE.

—

FIN DE LA TABLE.

Lyon. — Imp. d'A. VINGTRINIER.

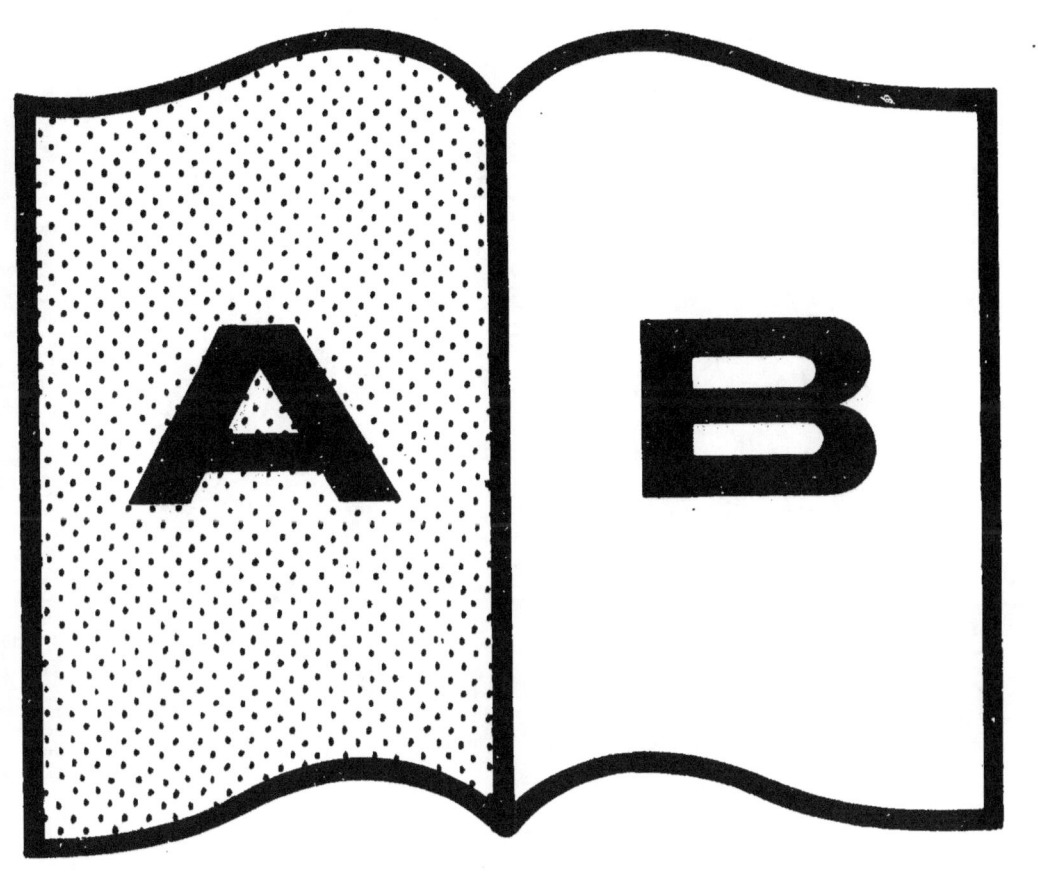

Contraste insuffisant

NF Z 43-120-14